드랭이마을의 비밀정원

# 드랭이마을의 비밀정원

이명주 수필집

곰곰나루

# 꿈을 꾸듯 살아온 시간에 감사를!

    2020년 9월 20일에 첫 수필집 『먼길 돌아온 손님처럼』을 냈다. 2024년 이제 두 번째 수필집이다. 책을 낸다는 것이 익숙하지 않지만 가벼운 설렘은 숨길 수 없다. 그동안 마음 가는 대로 붓 가는 대로 내 마음의 풍경을 담아 한 권의 책으로 내보내는 지금 생각이 많아진다. 풋과일의 설익은 마음자리를 보여주는 일이어서 한동안 잠을 설쳐야 할 것 같다.

    1부는 남편의 고향이면서 결혼해서 지금까지 살고 있는 '드랭이마을'에서 살아온 시간을 묶었다.
    2부는 꿈속에서라도 가고 싶은 고향 우산 동네에 관한 이야기를 묶었다.
    3부는 시골에서의 삶을 시작하면서 겪은 갈등과 화해의 시간을 묶었다.
    4부는 '드랭이마을'에서 목장을 경영하며, 농사를 짓고 살면서 지낸 '내 마음속에 불던 바람'을 묶었다.

2024년의 여름 날씨는 너무나 덥고 그 더위는 강렬했다. 감당하기 힘든 혹서(酷暑)의 시간을 지나 이제 꽃밭은 한 무리의 설국으로 피어났다. 갈등과 화해의 시간을 지나온 내 인생을 '드렝이마을의 비밀정원'으로 차례차례 일렬종대로 세운다.

2020년에 목장 일을 접고 그 허전함에 밭을 경계로 150평의 꽃밭을 만들었다. 사진을 찍기 시작한 시간은 오래되었다. 그 시간이 행복했다. 내가 만든 꽃밭에 피어나는 꽃 사진을 찍는 일은 내가 누리는 호사였다. 피사체에 머문 순간의 아름다움, 설국이 화사했다.

내 인생 이만하면 충분하다는 생각을 한다. 지금은 이곳 드렝이마을, 시골에서의 삶은 편안하고 행복하다. 농부인 안일환 씨의 아내로 살아온 시간에 감사한다. 그리고 내 인연 있는 사람들과 꿈을 꾸듯 살아온 시간에 감사한다. 앞으로 살아있음으로 감당할 '희로애락(喜怒哀樂)'의 시간을 누려볼 생각이다.

2024년 드렝이마을에서
이명주

# 차례

**제2부**

**제3부**

# 제4부

**해설 박덕규** 작가, 문학평론가

## 제1부

# 목련나무 그늘에서

내가 안씨 집으로 결혼을 해서 오니까 앞마당에 목련 묘목이 심어져 있었다. 그러니까 어림잡아도 이제 이십 년이 넘은 것이다. 아마도 내 결혼생활만큼의 나이테를 가지고 있을 것이다. 눈만 뜨면 대면하는 나무라 커가는 모양새며 천둥 치고 비바람 받아온 세월을 다 알아버린 처지가 되었다. 나무의 의미를 넘어 존재 그 자체가 되었다고 할까.

올해는 유난히 붕붕대는 벌들이 이 꽃 저 꽃 옮겨 다니느라 분주하더니 많은 꽃잎이 한꺼번에 만개했다. 봄이 오고 목련꽃이 필 때면, 우리 집을 비롯하여 온 동네가 환해진다. 밖에서 보내는 시간에도 자주 눈길은 우리 집을 향한다. 일주일쯤 그렇게 화사하게 피어 있다가 봄비 오는 날 무참히 한꺼번에 후드득 낙화해 버리면, 마당 가득 떨어진 꽃잎을 쓸어내면서 '내 봄날은 목련꽃의 낙화로 다 가고 말아' 탄식의 소리가 절로 나온다.

목련꽃은 가로등 불빛, 밝은 달밤, 이른 아침, 한낮, 저녁 어스름 등 보는 시간에 따라서 날씨에 따라서 보는 사람의 기분에 따라서 프리즘의 빛깔처럼 매번 다른 빛깔로 보이는 오묘함을 가지고 있다. 그중에서도 잠 안 오는 밤에 문을 열어보면 멀리 가로등의 쓸쓸한 불빛을 받아 그 화사함이 절정에 달한다. 그래서 다정도 병인 양하여 잠 못 들어 한다는 그런 밤을 맞곤 한다. 그런 밤이면 목련꽃 향기에 취해 나는 수취인 없는 길고 긴 편지를 쓰면서 그리움에 절절히 가슴을 적시곤 한다.

올여름엔 집안이 너무 어두워져서 휴면기에나 해야 하는 가지 솎기와 전정을 했다. 드러난 몰골이 흉해서 그 흉함이 삐죽삐죽 내비친 내 가슴의 상처 같아서 며칠은 보기가 편치 않았다. 그런데 얼마 지나지 않아 왕성한 생명력으로 잎들이 무성해져 잘려 나간 줄기의 상흔을 많이 가려주었다.

마당에만 있지 않았어도 전정을 하지 않고 저 자라는 대로 두었을 텐데 하는 아쉬움이 있다. 사람이고 나무고 자기 성질대로 자랄 때 가장 자연스럽기에 아름다운 모습이지 않을까, 그런 생각을 해본다. 햇빛도 집안에 많이 들어와, 뽀송뽀송해지고 만들어진 인공의 모양새가 제법 틀을 잡아간다.

이제 이글거리는 태양 빛으로 잎은 더 짙어지고 무성해질 것이다. 목이 쉬도록 울어버린 매미의 울음을 잎마다 실어 여름 끝으로 달리겠지. 그런 후에 잎새마다 참새들의 잠자리를 마련해 줄 것이고 수다스러운 참새들이 이른 새벽의 공기를 흔들어 놓을 것이다. 그리하여 게으른 나의 잠을 깨울 것이다. 그러면 동네에서 제일 늦게 열리는 대문의 순위가 바뀔지도 모르겠다. 가을 내내,

목련나무가 내게 베풀어 준 나무의 향기와 깨끗한 공기와 그늘과 매미 소리, 참새소리의 빚 갚음으로, 나는 또 매일매일 마당 쓰는 수고를 불평하지 않아야 할 것이다.

우리 집은 목련꽃의 시작으로 봄이 찾아온다. 목련나무는 전설 속에서나 있음직한 잠자는 거인을 깨워서 어린 꼬마 정령들을 꽃 가지마다 올려주기 분주할 것이다. 젊은 날, 내 아이들이 깔깔거리며 바람을 차고 날던, 담을 넘어 세상 밖을 보던 그네가 세월이 흐른 뒤에도 그대로 바람 부는 대로 흔들리고 있을지도 모르겠다. 매년 늘어가던 꽃송이가 어느 해부터 줄어들지라도 슬퍼하진 않을 것이다. 모든 것을 순리대로 받아들이는 연습을 해야 할 것이다.

해마다 그러했듯이 나는, 이쪽 방향 저쪽 방향 피사체의 초점을 맞추느라 카메라 셔터 누르기에 바쁠 것이다. 그리고 피사체에 머문 순간의 아름다움을 오래도록 가슴에 둘 것이다. 그러다 보면 어느새 나도 목련나무와 함께 천천히 나이를 먹을 것이다.

사람에게도 나이테가 있지 않을까 가끔 생각해 본다. 맵고 짜고 쓰고 달고 신, 다섯 가지 맛이 어우러져야 음식의 맛을 제대로 내듯이, 단맛만이 인생의 맛은 아닐 것이다. 인생도 여러 맛이 어우러질 때 비로소 아름다운 나이테가 만들어질 것이다. 그러한 나이테를 가진 사람이야말로 인생의 멋을 알고 아름다운 삶, 풍요로운 삶을 산다고 할 수 있을 것이다. 역경과 아픔을 겪을 때마다 생기는 사람의 나이테를 생각해 본다. 사람은 그 나이테로 하여 더 깊이 있고 사색하는 분위기를 낼 수 있는 진중한 사람이 될 수 있을 것이다. 그런 나이테를 많이 가진 사람일수록 타인을 사랑하고 배려하고 용서하는 마음이 클 것이다. 그의 눈은 지혜로 빛나고 그의 얼굴은 너그러움이 배어나올 것이다. 그의 가슴은 사랑으로 따뜻할 것이다. 그런 아름다운 영혼을 가진 사람을 닮을 그날을, 목련나무 그늘에서 꿈꾸어 본다.

― 2001년 3월 화성시 승격기념 백일장 징원

# 드랭이마을의 비밀정원

　바람과 햇빛이 제 집처럼 드나드는 곳, 계절이 가고 오는 것을 온몸으로 느끼는 곳. 이곳에 서서 마을을 굽어본다. 바둑판처럼 반듯한 논 자락들이 한눈에 펼쳐진다. 마을은 아침을 맞고 있다. 푸른 들판 사이 삼삼오오 짝을 지어 산책하는 마을 사람들이 보인다. 논 물꼬를 보고 자전거를 타고 동네로 돌아오는 남편의 모습도 잘 보인다. 가까운 아랫집 밭에 나온 여자가 아침 밥상에 올릴 채소를 따기 위해 채마밭으로 들어가고 있다.

　들판을 넘어, 여섯 량짜리 전동열차가 달리고 있다. 오래전에 인천 쪽 바닷가 지역에서 소금이며 온갖 해산물을 싣고 뿡뿡거리고 지나던 수인선 노선이다. 구간 폐쇄로 저 노선은 오랫동안 방치된 채 잡초더미에 덮여 있었다. 가까운 야목역에 가면 흉한 모양을 드러낸 철로를 볼 수 있었다. 그것이 수인분당선으로 복구돼 아침부터 밤까지 수십 분 간격으로 달리는 전철이 철거덕철거덕 그리 요란하지 않은 소리로 옛 풍경을 되살리고 있다.

마을에서 가장 전망 좋은 이곳에 꽃과 나무, 벌과 나비들이 어우러진 정원이 있다. 나와 내 가족이 찾고, 가끔 가까운 이웃 아낙네들이 와서 커피를 마시며 수다를 풀어내는 곳이다. 얕은 산자락 밑이지만 지나는 사람은 거의 없다. 우리끼리만 아는 정원이라 해서 '비밀의 정원'이라 이름 붙였다.

목장 경영 25년이었다. 목장 건물은 허물었고 터만 남았다. 그 옆으로, 소먹이가 되는 옥수수를 심던 1,100평 정도의 땅이 있었다. 목장 사업을 접으면서 경사진 그 땅을 포클레인으로 평탄하게 작업을 했다. 밀어낸 흙으로 언덕을 만드니 그 너머에 움푹 내려앉은 150평의 사각 평지가 생겼다.

그걸 보고 갑자기 욕심이 생겨났다. 이럴 때 쓰는 말인지 모르지만, 견물생심이라 할 만했다. 밭의 소유주, 남편에게 호기 있게 말을 걸었다.

"안일환 씨, 고추나 뭐 다른 것 심지 말고 꽃 좀 심어보자고요. 이 땅을 나를 주면 안 될까?"

기선을 잡는 것이 중요하다고 생각했는데 남편의 응수는 뜻밖이었다.

"그러지 뭐!"

이제 밭을 경작할 기력이 쇠해진 남편이었다. 목장을 하면서 옥수수를 심고 고추를 심던 활기찬 옛날의 그가 아니었다.

그날부터 네모난 밭은 몸살이 날 지경이 되었다. 오래도록 정원에 꽃을 가득 가꾸어온 아랫집 여자를 데리고 꽃시장으로 나무시장으로 헤매고 다녔다. 시장은 생각보다 많은 사람들이 복작거렸다. 내가 꽃밭을 만들자고 나선 걸음에 처음 보는 신선한 풍경이었다. 사람들은 여러 종류의 꽃모종이며 묘목을 들여다보고, 흥정을 하고 상자나 푸대에 꽃모종을 담아서 환한 모습으로 총총 사라진다. 그동안 내가 외출할 때 즐겨 다니는 공간은 서점이었다. 나는 책을 사거나 책을 읽고 가는 사람에 익숙했다. 그랬건만, 어느 날부터 나는 생쥐가 풀 방구리 드나들 듯 꽃시장을 다니면서 갑자기 그 동적인 사람들의 대열에 섰다.

이곳에서 남쪽으로 자동차로 30분쯤 되는 곳에, 한때 TV 다큐멘터리 프로그램으로 방영한 '아내의 정원'이 있다. 바로, 스토리 퀼트 작가 안홍선 님이 오산시의 서랑동 호숫가에 가꾼 독보적이고 환상적인 정원이다. 내 비밀의 정원은 감히 그것에 비할 바는 아니었다. 글을 쓰는 사람들이 그곳으로 봄여름가을겨울 수시로 찾아들어 계절마다 달라지는 정경에 취했다. 나도 그 중 하나였다. 그곳을 드나들면서 나도 언젠가는 꽃밭을 만들고 싶다는 꿈을 꾸고 있었을 것이다. 그곳에 가면 꽃밭에 풀어 놓은 잘생긴 수탉 한 마리와 여러 마리의 암탉들이 자유롭게 돌아다닌다. 실제 나는 그 정원을 배경으로 수필 「수탉의 사랑 이야기」를 썼다.

먼저 정원의 지도를 만들어 보았다. 앞쪽으로는 가족이 모여 놀수 있는 공간을 널찍하게 남겨놓았다. 당연히 그곳이 가장 중요한 자리였다. 그 앞으로는 여백을 주기 위해서 T자형으로 잔디를 심었다. 그 작업은 우리 가족의 성인 남자들이 날을 잡아 의식을 치르듯 함께 했다. T자형의 잔디밭 오른쪽 언덕에는 꽃잔디를 잔뜩 심었다. 그 언덕 밑으로는 우리 집 뒤뜰에 있던 수선화의 구근을 옮겨 심었다. 그 밑으로 남편이 먼저 체리나무 두 그루를 기념식수 했다. 그리고 꽃잔디를 심어둔 언덕 밑으로 모과나무, 살구나무, 앵두나무에 분홍색 꼬투리를 달고 있는 아카시아나무 그리고 여러 겹의 명자나무를 심었다. 마지막으로 근사한 주목나무 한 그루를 심었다.

T자형 잔디밭 왼쪽으로는 관목을 주로 심었다. 화살나무, 분홍선유화, 산딸나무, 서부해당화, 병꽃나무, 남천, 작약, 말발도리, 왕벚꽃나무…. 심어도 심어도 땅은 비어 있었다. 그리고 T자형 끝으로 아치형을 만들어 덩굴장미를 올려볼 것이다. 꽃밭 둘레에는 뱀이 제일 싫어한다는 메리골드를 촘촘히 심어놨다.

포클레인으로 평탄하게 작업을 했을 때는 풀도 없는 붉은 흙만 있었다. 거기에 꽃모종을 하면서 장차 꽃이 피어나고 유실수 나무의 열매가 주렁주렁 달린 비밀의 정원을 상상했다. 그런데 사방에서 시도 때도 없이 바람이 불어오면서 풀씨가 날아들었다. 꽃모종을 심고 나면 봄비가 왔고, 그 봄비에 풀도 쑥쑥 자라났다. 풀을 뽑고 다시 모종을 심고 풀을 뽑고를 반복했다. 내가 꿈꾸던 꽃밭이 풀밭이 된다는 것은 예상하지 못했다. 방심할수록 그렇게 될 확률이 높았다.

이른 아침부터 작정하고 며칠 풀을 뽑았다. 밑에 집 여자가 깜

짝 놀란다. "어쩜 좋아, 얼굴이 못쓰게 돼버렸네…." 남편도 화들
짝 놀란다. 밀짚모자를 사 와라, 토시를 끼고 꽃밭을 가꿔라, 주
문이 많다. 아프리카 추장 마누라가 되어버리는 일은 순간이었
다. 오히려 '비밀의 정원'지기는 태연하다. 열심히 세수를 해볼
도리밖에 다른 수가 없다고 너스레를 떤다.

　지나는 밭모퉁이에서 마늘밭에 풀을 뽑고 있는 남편을 일별하
고 꽃밭으로 간다. 그 발걸음은 내가 만들고 있는 꽃밭에 대한 예
의이자 애정이었다. 요즘 유행하고 있는 '광 자매' 드라마에 나오
는 윤주상, 그 남자의 특유한 목소리로 양미간을 찌푸리며 "아닌
건 아닌겨. 이건 아니라고 봐." 그렇게 말하는 톤을 빌려서 남편
의 지청구가 내 발목을 붙잡을지 몰라 전전긍긍이다. 아직은 자
신의 영역에서 평화롭다. 고양이가 어슬렁거리며 꽃밭주인 눈치
도 보지 않고 느린 걸음으로 자주 나타난다. 동네 여자들도 벌 나
비처럼 찾아든다.

　무심한 눈길 끝으로 발아래 끝없이 펼쳐진 풍경들을 담고 있는
이 비밀의 정원에서 나는 꿈을 꾸어본다. 내 비밀의 정원에 손주
들이 꽃을 보러 올 것이다. 참새처럼 재잘거리며 고사리 같은 손
으로 호미를 잡고 풀도 뽑아줄 것이다. 그런 날이면 내 목소리는
도레미파솔 '라'의 음에서 멈춰 경쾌하게 공기의 파장을 흔들어
놓을 것이다. 일단 시작을 해놓았다. 시간이 흐르면 나무도 자랄
것이고 여러 종류의 다년생 꽃과 한해살이 꽃도 피어날 것이다.

유튜브 방송을 보다 알게 된 한 정원지기가 말해 주었다. 두려워하지 말고 열심히 가꾸다 보면 그 두려움이 없어지고 마침내 행복한 정원지기가 될 수 있다는 것이다.

무릉도원처럼 우연히 풍경에 사로잡혀 들어오긴 했는데 비밀의 정원에서 잠시 쉬다 나가는 길을 잃어버리는 사람도 있을 것이다. 길을 잃어버려도 억울하지 않은 그런 비밀의 정원을 가꾸어 볼 참이다. 정원이 우리에게 주는 따뜻한 위로를 이곳에서 이웃지기와 내 가족과 함께 나누고 싶다. 그리고 첫 마음을 꽃밭에 새긴다. 나는 먹고 살기 위함에서 한 걸음 벗어나서 살고 싶은 대로 살아보는 첫 번째 용기를 비밀의 정원에 꼭꼭 새겨둔다.

─『새수원신문』2024년 11월 5일, 2024년 11월 수원문학상 수필작품상 수상

# 겨울 이야기

모든 허물을 덮어주는 덕목을 가진 것이 겨울에 내리는 눈일 것이다. 그 눈으로 하여 봄부터 치열하게 살아온 시간이 느리게 가거나 잠시 멈추기도 한다. 그러면서 사람들은 자연이 주는 신비한 은혜를 받고 평화를 느끼고 온순해진다. 그 마음과 마음들이 전해져서 눈 내리는 겨울은 온 천지가 조용해진다. 푸짐하게 내린 눈으로 하여 창밖으로 보이는 겨울 산들이 수묵화를 그리고 있다. 참 조용한 날이다.

그 눈을 보게 되는 일은 쉬운 일은 아니다. 매서운 한파를 건너거나 그 가운데 있어 봐야 그 운치를 즐겨 볼 수 있는 시간이 허락된다. 한 가지만 선택할 수 있는 매뉴얼은 인생 여정에는 아예 없다. 그때그때 자연스럽게 오는 시간에서 누리고 싶은 것은 크게, 불편한 일은 맞서면서 적극적으로 해결하거나 아니면 스트레스를 적게 받는 방법을 찾으면 될 것이다. 봄, 여름, 가을 그리고 겨울, 사계절 중에 눈 내리는 계절, 겨울을 건너갈 수 있어 좋다.

눈 내리는 겨울은 소란스럽지 않아서 좋다. 가장 고고하고 품격 있는 계절이다. 먼 산에 내린 눈을 바라보는 일은 얼마나 좋은가.

겨울은 농사의 힘듦에서 잠시 벗어날 수 있는 시간이어서 특별히 좋았다. 봄이 오면 제일 먼저 감자를 심어야 한다. 그런 후에는 볍씨 파종을 해야 하고 옥수수 파종을 해야 하고 들깨를 심어야 하고 김장거리를 심어야 한다. 그런 후에도 다음 봄을 예비하는 마늘을 심어야 끝이 난다. 일년 내내 심고 수확하고를 반복하다 보면 은혜처럼 흰 눈이 내려 쉴 수 있는 겨울이 오는 것이다. 그러면 농사짓는 일이 발목을 잡히는 겨울이 오는 것이다. 겨울은 게으른 내게 축복처럼 오는 계절이다.

이곳에 있으면 시간이 정지된다. 그 정지된 시간이 무료하지 않다. 난 이곳에서 내 시간을 즐겨볼 생각이다. 겨울에는 읽고 싶은 책을 읽어볼 생각이다. 1층으로 내려가서 모퉁이를 돌면 도서관이 생긴다고 했다. 도서관에 들러 책 읽는 사람들의 대열에 나도 한몫 끼어들 수 있을 것이다. 이곳 도서관에는 어떤 종류의 책들이 들어올 것이며 어떤 표정의 사람들이 도서관에서 책을 읽고 종종거리며 집으로 갈 것인지 궁금해진다. 한 바퀴 돌아보면 경로당이 보인다. 이제 나는 도서관보다는 경로당에 갈 나이가 되었다. 경로당에서 시간을 보내도 아주 자연스러운 나이가 되었다. 그런데 선뜻 그곳에서 보낼 시간은 낯설다. 그곳에서 만날 사람은 궁금해지지 않는다. 그냥 일별하고 다른 곳으로의 탐색을 이어간다.

　돌아가신 시어머니도 나처럼 그랬다. 비봉면사무소에서 경로잔
치를 한다고 초대장이 오면 고개를 가로저으셨다.
　"난, 싫다. 늙은이들만 잔뜩 모여 있는데 내가 그곳엘 왜 가
니?"
　연세도 칠순이 넘었을 그때였다. 어머니의 그 나이를 나도 지금
쫓아가고 있다. 그 나이를 낯설어하면서 허방에 발을 딛는 기분
을 헤아려 드리지 못했다는 생각을 한다. 지금에야 내가 그 나이
의 어머니와 닮았다고 생각을 하는 것이다. 그곳에 가면 내 또래
의 친구를 만날 수도 있을 것이다. 경로당에서 만난 사람들과 친
정 식구들이 좋아하는 화투를 치면서 하루를 아주 재미있게 보낼
수도 있을 것이다. 그러면 겨울 하루해가 여우 꼬리만큼 짧을 수
도 있겠지. 하지만 나는 아파트 앞의 경로당은 눈도 맞추지 않고
지나친다.

　나는 시나 수필을 쓰는 사람들만 주로 만나고 살아왔다. 같은
취미를 가진 사람들이라 나를 설명할 필요가 없어서 편안했다.
내 정보를 상대방에게 오픈해서 이해를 구하지 않아도 되었다.
서로의 작품을 읽으면서 단번에 그 사람을 알게 된다. 그것으로
충분하다고 생각했다. 음식으로 치면 편식을 한 것이다.

　처음에는 이곳에 거처를 마련한 것이 애물단지 같았다. 관리비

를 내야 하고 세금을 내야 했다. 수입은 시원찮은데 지출이 부담이었다. 그 지출은 한 달에 한 번 정도 여행을 떠나 좋은 호텔에서 묵는다는 생각을 해보면 괜찮겠다는 생각이 들었다. 그 생각의 전환은 의외로 효과가 있었다. 나만의 공간을 두는 것도 좋겠다는 생각이 들었다. 입주 시기에 맞추어 필요한 물건을 생쥐 풀 방구리 드나들 듯 조금씩 옮겼다.

남편은 이곳은 갇혀 있는 공간이라 불편하다고 했다. 남편이 태어나서 지금까지 살았던 구옥에서 한 발만 내디디면 방죽길이 이어진다. 그 방죽길엔 오리 떼 기러기 떼가 날아다닌다. 새들 울음소리 그득한 그곳이 좋다고 했다. 그곳에서 나고 자란 사람이니 그곳을 떠나는 것은 어려울 것이다. 무엇보다 남편을 닮아버린 그곳 사람들을 떠나기가 싫을 것이다. 이곳 오목천에서 어천역을 지나면 야목역이다. 야목역에서 차로 3분 거리에 비봉면 드랭이마을이 있다. 남편이 오늘도 오매불망 그리워하는 고향마을이다.

입주를 정하고 새집에서 처음으로 가족이 모였다. 딸과 남편과 막내아들의 생일이 차례대로 12월에 모여 있다. 그래서 한꺼번에 날을 잡아 겨울 생일을 핑계로 가족이 모이게 되었다. 막내아들이 뭔가를 사다가 TV를 연결하고 여러 채널에 적응하면서 시간이 흘렀다. 남편은 아르헨티나와 프랑스의 축구 결승전을 대형 TV로 볼 수 있는 절호의 기회를 잡았다.

2022년 12월 18일은 월드컵 결승전 때문에 이곳에서 하룻밤을 보내게 되었다. 연장전을 거치고 결국 승부차기를 한 후에야 메시의 아르헨티나 우승으로 새벽에야 막을 내렸다. 아르헨티나의 우승은 36년 만의 쾌거였다. 다음 날 아침, 비봉에서 걸려온 한 통의 전화는 남편을 찾는 술친구였다. 남편은 금세 화색이 돈다. 야목역으로 시간 맞춰 오겠다는 친구의 전화를 받은 남편은 초고속으로 아파트를 바람처럼 빠져나갔다. 나도 자유를 얻었고 남편도 자유를 얻은 날이다.

그날 저녁에 결국 남편은 전화를 받지 않는다. 술친구를 만났으니 염려가 현실이 되었다. 지금은 남편에게 따뜻한 밥 한끼를 차려주기 위해 서둘러 비봉으로 가야겠다고 생각을 하고 있는 것이다. 나는 지금, 비봉과 오목천을 겨울과 겨울 사이를 건너는 중이다. 오늘 폭설이 내린다면 얼마나 좋을까. 그 폭설에 갇혀 발이 묶인다면 얼마나 좋을 것인가를 생각하고 있는 것이다.

— 『경인경제신문』 2024년 12월 5일

# 다시 봄

    겨울은 짧았다. 몇 번의 혹독한 추위가 지나가더니 꽃망울처럼 대자연의 기운이 부풀어 오른다. 몇 번의 꽃샘추위가 겨울과 줄다리기를 했다. 날 선 차가운 바람이 아쉬운 듯 주춤거렸다. 이곳 오목천에서의 짧았던 겨울살이도 편안하지 않았다. 유목민의 피가 흐르는 것일까, 정주하지 못하고 겨울에서 봄으로 건너왔다. 오목천의 생활은 비봉을 지척에 두었을지라도 이민자의 삶처럼 낯설고 불편했다. 문을 열고나서면 아는 사람은 어디에서도 볼 수 없었다.

    낯선 이방의 지역에서 남편은 좋은 친구가 되었다. 우리는 서로 기대어 살 수밖에 없었다. 시간을 내어 궁여지책으로 오목천 일대를 탐색하기 시작했다. 비봉과 수원을 잇는 큰 도로를 건너서 뒷길로 빠지면 '오목천 호수'를 만난다. 갈대가 우거진 그 호수 속으로 아파트 그림자가 이태백의 달처럼 빠져 있다. 그 호수를 한 바퀴 돌아서 수원 국유림관리소를 끼고 올라가면 오목천의 민

낮이 보인다. 탈북자들이 말하는 화려한 평양의 뒷골목처럼 허술
했다. 아파트단지 앞으로 차가 즐비하게 달리는 문명국에서 어느
먼 지방에서 만날 듯한 오목천의 오지로 단번에 넘어왔다. 척박
한 삶의 흔적들이 곳곳에 방치되어 있다. 버려진 낡은 집들이 몇
채 누워 있다. 손바닥만 한 논과 밭의 경계를 걷기도 하고 호젓한
숲길과 좁은 흙길을 번갈아 걸으면서 오히려 마음은 한가해졌다.
돌아보니 남편은 보리밭에 쪼그리고 앉아서 보리 이삭을 뽑으면
서 한마디 한다. 건강하게 뿌리내리지 못한 보리 이삭을 걱정한
다. 흙의 색깔을 보니 거름이 부족하다고 거든다. 자신이 가장 잘
아는 것에 애정이 생기는 법이다. 낯선 길에서 만나는 사람이 우
리가 반가운지 인사를 건네 온다. 우리도 반갑게 인사에 화답한
다. 이렇게 한 바퀴를 느린 걸음으로 걸으면 만 보를 걷게 된다.
내일은 겨울 한철 두고 온 비봉에 가볼 생각이다.

　철쭉꽃이 피기 시작하면 겨우내 동면에 든 뱀이 스멀스멀 기어
나온다. 반갑지 않은 봄 손님이다. 나의 천적은 뱀이다. 어떤 방
법으로도 절대 넘을 수 없는 강적이다. 뱀 허물만 보아도 정신이
혼미해진다. 뱀은 나에게 뭐라고 한 적이 없다. 그냥 내가 뱀이
싫고 무서울 뿐이다. 뱀은 어느 곳으로나 종횡무진으로 다닌다.
겨울 한철 빼고는 어느 곳에서나 예고도 없이 만나게 되니 내 불
행이다. 이 불행을 피하자면 '비밀의 정원'에서 해야 할 일을 가
능한 빨리 해야 한다. 뱀이 나오면 내 입지가 좁아진다. 이맘때쯤
이면 비밀의 정원에서 수선화가 언 땅을 뚫고 제일 먼저 뾰족, 고

개를 내민다. 작년 가을에 얻어 둔 칸나 알뿌리도 서둘러 땅에 묻어야 한다. 뿌리가 잘 내린다면 우리나라에서 제일 예쁘게 핀다는 선홍색 칸나를 올해 비밀의 정원에서 볼 수 있을 것이다. 때를 놓치면 안 된다. 게으름을 피우다가는 낭패다.

　봄이 오면 제일 먼저 감자를 심는다. 3월 20일쯤 심어서 장마가 시작되기 전에 서둘러 감자를 캔다. 그때가 6월 25일쯤 된다. 하필이면 감자를 경작하는 장소가 부모님 산소가 있는 산자락이다. 남편은 보라색 꽃 진 감자 줄기를 제거하고 비닐을 걷어두면 나는 호미로 감자를 캐는 작업을 분담해서 한다. 감자를 캐다 보면 구멍이 더러 보이기도 한다. 그 구멍은 지금까지 내게 위협적이지 않았다. 더운 뙤약볕에서 서둘러 감자를 캐는 일에만 몰입하게 된다. 호미로 땅을 건드렸을 때 구멍이 있었을까? 뭔가 지팡이 같은 막대기가 직선으로 솟구쳐 오른 물건이 내 눈앞에서 땅에 뚝 떨어진 후에야 뱀이라는 것을 알았다. 그것도 여태까지 한 번도 본 적이 없는 검은 뱀이었다. 뱀도 놀라고 나도 놀라고 감자밭이 놀라는 소리에 온 산이 흔들렸다. 세상 끝날 것 같은 비명소리에 뛰어온 남편은 싱겁게 한마디 거든다. 검은 뱀은 비싼 물건이라서 그 뱀을 잡았으면 오늘 감자를 캐지 않아도 큰돈이 되었을 거라고 아쉬워했다. 그 후에 우연히 '나는 자연인이다' 방송을 보다가 그 뱀의 정체를 알게 되었다. '칠점사'라는 이름을 가지고 있는 그 뱀에게 물리면 일곱 걸음을 떼기 전에 죽는다고 했다. 무서운 독을 가진 검은 뱀은 술병 속에 담겨 있었다. 결과적으로는 나는 뱀에게 물리지 않았으니 그날은 억수로 운이 좋은 날이었다. 그 후부터 난 감자를 캐는 날이면 구멍이라는 구멍은 다 막으면서 감자를 캔다. 다행한 건 그 후에 감자밭을 다른 곳으로 옮겼다. 여름철에 서늘하고 습기 있는 산에서 많이 볼 수 있는 것이 뱀이다.

비봉, 내 꽃밭 '비밀의 정원'에서 다시 봄을 맞으며, 바람 없는 날에 잔디를 태운다. 그래야 산뜻하게 잔디가 파릇파릇 새잎이 나온다. 지난가을 정리하지 못해 우북하게 덮인 꽃밭의 잔해를 말끔하게 걷어치운다. 다시 그 자리에 그 꽃도 피게 될 것이고 새로운 씨앗도 날아와 자리를 잡을 것이다. 매년 다시 시작하는 봄은 늘 새롭고 젊다. 봄 손님이 걱정이기는 하지만 어쩌랴. 전전긍긍하면서 다시 살아볼 일이다. 자연이란 스스로 그러한 것처럼 모든 것들이 그 자리에서 자연스럽게 생체리듬을 가지고 살아간다. 가장 잘 사는 일은 생물이든 무생물이든 자기 자리를 인정하는 것에서 출발한다. 봄 손님은 그대로 두고 다시 맞는 봄에는 나도 꽃으로 화사하게 피어나고 싶다. ─ 2023년 봄날

# 코로나 블루(Corona Blue)

나는 한 발짝도 움직일 수가 없는데 하필이면 인감을 발급받아
야 할 일이 생겼다. 면사무소로 전화를 걸어 담당 직원한테 사정
이야기를 하고 남편을 보냈다. 신분증과 인감도장을 들고 면사무
소에 간 남편이 되돌아왔다. 위임장을 자필로 써야 한다는 거였
다. 내가 쓴 위임장을 들고 간 남편이 다시 돌아왔다. 이번에는
인감증명서 대신 다른 서류를 들고서였다. 내가 본인 외에는 인
감을 뗄 수 없게 신청을 이미 해놓아서 그걸 해지해야 한다는 것
이었다.

내가? 언제? 본인 외에는 절대로 뗄 수가 없다는 면직원의 통
고에 남편이 얼마나 황당했을까는 남편 표정으로 충분히 짐작되
었다. 나로서는 도무지 오리무중인 일이었다. 미루어보건대, 인
감도장을 잃어버려 도장을 있는 대로 다 가져가서 확인을 하는
두서없는 여자 앞에서 담당자가 그렇게 하기를 종용했을 것 같은
생각이 어렴풋이 들었다. 나는 남편이 면사무소에서 가져온 해지

서류에 다시 꼼꼼히 기입했다. 그나마 이번에는 면사무소 직원이 직접 방문해서 가져간다고 하니 다행이었다. 우리 집에서 면사무소까지 3km. 그게 그렇게 아득한 거리인지 그날 처음 알았다.

한참 만에 담당자가 방문했다. 유리문 밖에서 내 신분증을 확인하고 인감증명서와 내가 쓴 서류를 교환했다. 참으로 힘들게 발급받은 인감증명서 한 통이었다. 이 모든 일이 내가 '격리통지서'를 받은 상태였기 때문이었다.

미장원에서 그 여자를 만났다. 틈새의 시간에 우리는 시간차를 두고 커피를 마셨다. 나는 파마를 하고 그 여자는 염색을 했다. 그리고 우리는 승용차를 타고 드랭이마을로 돌아왔다. 그렇고 그런 어느 하루의 만남이었다. 그 여자를 내려준 뒤 남편과 함께 딸의 부탁으로 수원으로 달려가서 시은이와 하준이를 봐주게 되었다. 그날따라 시장을 봐와서 그 식구들 저녁까지 먹었다. 그날이 2022년 2월 21일 월요일이었다.

다음날 이른 아침에 그 여자의 전화가 내 일상을 흔들어 놓았다. 그 전날 새벽 2시에 그 여자와 그 여자의 남편이 확진판정을 받았다는 연락이 온 것이다. 나는 코로나에 걸리면 절대로 안 된다고, 일곱 살 열 살 두 손주를 만나고 왔다고 목소리를 높였다. 화만 내고 있을 수 없었다. 수원 식구들에게 전화를 걸었다. 두 아이를 내보내지 말라고 했다. 회사에 출근한 사위도 귀가하게 했다. 그러고는 아침준비도 하지 못하고 자동차로 15분 거리의 화성디에스병원으로 차를 몰고 달렸다.

병원 밖은 나 같은 처지의 사람들이 검사를 받기 위해 길게 줄을 서 있었다. 그 끝에 서서 한 시간쯤을 대책 없이 견뎠다. 허둥지둥 나선 걸음에 부실하게 입고 간 옷 사이로 아침의 찬 기온이 사정없이 파고들었다. 병원을 지날 때마다 측은하게 보이던 그 대열에 지금은 내가 떨고 서 있는 것이다. 드디어 내 차례가 되었다. 무방비 상태에서 훅, 코 저 안쪽으로 훅 들어오는 공격은 상당히 강했다. 표현할 수 없는 불쾌함이 뇌를 한 번 흔들어 놓고 어디론가 빠져나갔다.

그날의 PCR 검사는 음성이었다. 수원 식구들도 진단키트가 음성반응을 보였다 해서 크게 안도했다. 그런데 다음날부터 목이 불편해지기 시작했다. 수원에서도 연락이 오기 시작했다. 시간차를 두고서 양성판정 소식이었다. 나는 다시 검사를 받고 오지 않는 결과를 밤새도록 기다렸다. 아침에 '미결정'이라는 문자가 왔다. 미결정? 그 말은 '확진'을 예감하게 했다. 다시 검사를 받은 그날 결국 확진판정을 받았다. 내가 감염된 것은 문제도 아니었다. 내가 어린 두 손주에게 코로나를 옮겼다는 죄책감이 나를 못 견디게 했다.

확진자와 밀접 접촉자인 남편은 음성이었다. 특이체질인 것 같았다. 음성판정을 받고서 보무도 당당해진 남편이 마트에서 사온 한아름의 봉투를 안고 거실로 들어간다. 나는 본능적으로 방문을 열고서 나도 달라고 소리를 친다. 남편은 권력자처럼 목소리에 힘이 실렸다. 유리문을 닫고서 기다리면 갖다 주겠다고 한다. 내가 받은 건 풀빵을 담은 종이 봉지와 간식처럼 씹어 먹는 누룽지 한 봉지였다.

확진자로서 나는 스스로를 격리해야 했지만, 억울하게도 남편의 하루 세 끼 식사 준비를 해야 했다. 우렁각시처럼 몰래 밥상을 차려놓고 문자를 남긴다. '잠시 후에 밥을 먹기 바람.' 그러면 회신 문자가 들어온다. '알았음.' 조금 뒤 다시 문자가 들어온다. '지용, 소민 입학 축하금 보냈음.' 그러면 그 문자에 내가 답을 한다. '잘했음.' 지용, 소민은 올해 초등학교에 입학하는 쌍둥이 손주다. 문자는 짧고도 건조했지만 서로의 안부도 포함되어 있었다. '난 잘 있어.' '나도 그래.' 오래 산 부부는 그것으로 충분했다.

그런 중간중간 배가 남산만 해진 고양이 사료도 챙겨줘야 했다. 춥고 배고픈 고양이가 유리문 밖에서 시시때때로 애처롭게 울었다. 고양이 사료를 한 포대 사다 놓고 고양이가 나를 쳐다보며 울 때마다 꺼내주었다. 아뿔싸, 어느 날 그 고양이 녀석이 남자친구까지 데리고 왔다. 그렇게 겨울을 건너고 있었다. 그렇게 격리통지의 일주일을 건너고 있었다.

동네 여자한테 문자가 들어온다. 대문간에 뭘 두고 가니 챙겨서 들어가라는 이웃지기였다. 선지국, 잡채, 콩나물무침, 짠지무침, 소고기볶음이 놓여 있었다. 또 다른 이웃지기는 갖은 나물 반찬을 뷔페 음식처럼 챙겨다 놓고 간다. 이제는 미장원에서 만난 그 여자한테서 문자가 온다. '통곡을 해도 시원하지 않을 것 같아. 자기 식구들을 어떻게 볼까?' 나는 답을 보낸다. '너무 미안해하진 마. 시은이 하준이도 다행히 잘 넘어갔고 딸과 사위도 괜찮은 것 같아. 그리고 나도 목만 불편할 뿐이고. 그런데 이왕 줄려면 좋은 걸 주지 그랬어 ㅋ. 자기도 괜찮지? 나만 걱정하는 건 아니고 내가 자기도 걱정하고 있어.'

　3월 3일 밤 12시 '격리 해제'. 나는 이 통지서 한 장이면 이제는 어디든 갈 수 있다. 우선은 비봉면사무소에 가서 본인이 직접 발급받은 인감증명서 한 통을 떼어서 빠른 등기로 그곳 수신처로 보내야 한다. 그리고 권력자처럼 다리에 힘을 주고서 대한민국 20대 대통령 선거에 투표를 미리 하고 내려올 생각이다.

　여러가지 음식으로 위로하면서 내 안부를 걱정하는 이웃지기가 있어 행복했다. 코로나를 옮겨놓고 미안해서 어쩔 줄 모르는 그 여자도 사랑한다. 코로나블루. 그럼에도 불구하고 나는 격리기간 중에도 따뜻한 사람들의 온기 속에서 살아갈 에너지를 충전할 수 있었다. 다시 따뜻해져야겠다. 오는 봄처럼. ─2022년 3월

# 지금은 회색지대

　다시 적막한 겨울이다. 가끔 우편물이 대문 앞에 비대면으로 툭, 던져지곤 한다. 파블로 네루다의 시 한 구절이, 던져진 우편물 속에서 잊었던 감성을 건드린다. 한때 위로가 되었던 시 구절은 이렇게 시작되었다.

　그 나이였다.
　시가 나를 찾아왔다.
　모른다. 그게 어디서 왔는지 모른다.
　겨울에서인지 강에서인지
　언제 어디서 왔는지.

　그렇게 파블로 네루다에게 찾아온 시처럼 그 시절에 문장을 찾아 헤매던 나에게 네루다의 시는 희망이었다.
　수필보다 더 시 같은 김기림의 「길」은 1936년 3월 월간잡지 『조광』에 처음 발표된 수필이다. 6.25때 납북된 작가이기 때문에 작품이 많이 남아 있지 않아 아쉬움과 상실감이 크다.

나의 소년 시절은 은빛 바다가 엿보이는 그 긴 언덕길을 어머니의 상여와 함께 꼬부라져 돌아갔다. 내 첫사랑도 그 길 위에서 조약돌처럼 집었다가 조약돌처럼 잃어버렸다.

김기림의 「길」은 가슴 저릿하게 만드는 내 문학의 텃밭이었다. 문학의 텃밭은 항상 아련한 허기와 갈증으로 남아 있다. 네루다의 시처럼 불현듯 언제 어디서 찾아올지 모르는 시와 김기림의 길에서 만나게 되는 결핍은 내 문학의 자양분이기도 했다. 적막하고 고립된 겨울 그 회색지대에서도 겨울 강물은 얼음 밑에서도 조용히 흐르는 것을 멈추지 않았다.

겨울마다 얼어버린 수로는 물이 깊지 않아 썰매타기에 안전하다. 주말에 지용, 소민이를 데리고 썰매 타러 오겠다는 전화가 들어온다. 아들의 전화에 남편의 대답이 들려온다. 썰매는 마당 끝에다 내어놓을 테니 우리 볼 생각하지 말고 애들 썰매 태워주고 놀다 가란다. 결국 아들은 주말에 오지 않았다. 할아버지 할머니가 함께하지 못하는 겨울 썰매놀이는 재미가 없나 보다. 코로나 19 때문에 손주들과의 겨울놀이도 맘대로 할 수가 없다.

이 적막하고 고립된 겨울에 내가 할 수 있는 것이 무엇일까를 고민하던 중에 인터넷강의는 안성맞춤이었다. 우선 12주로 소설과 수필 강의로 시작되었다. 매주 화요일 오전에 2시간씩 Zoom을 통해 원격으로 진행되었다.

강의교재로 소개받은 몇 권의 책 중에 하정아 작가의 『그레이스 피어리드』는 은빛모래처럼 반짝였다. 이렇게 단단한 글 쓰는 경지에 오르기까지, 스스로 좋은 글을 쓰고 싶다는 강한 의지로 작가로서의 소양을 갖추기 위해 피나는 노력을 했을 것이다. 그 중에서 미국에서 이민자로서 간호사 면허를 취득한 이야기는 참으로 놀라웠다.

그 처절한 삶의 현장, 삶과 죽음의 경계선에서 그야말로 불투명한 회색지대에서 인간으로 살아가는 생명존중을 얘기한다. 쓰러져도 살아있기만 하면 된다고 기도한다. 현장에서 경험한 일을 따뜻한 시선으로 바라보며 글 쓰는 일을 멈추지 않는다.

그 여자 하정아가 한국인이어서 자랑스러웠다. 미국이라는 거대한 시스템 안에서 경험하고 견디고 적응하면서 빛나는 직업인으로 모범이 되는 한국인의 기질이 대견했다. 그레이스 피어리드(Grace Period), 우리는 유예기간을 빛나게 살아갈 이유를 이 책, 전 페이지에서 찾을 수 있다. 좋은 글은 선을 예시한다. 그래서 선을 위해서 가치 있고 필요한 글 쓰는 일은 계속되어야 한다.

오늘은 1월 18일 '2021년 대통령 신년 기자회견'의 역사가 기록되는 날이다. 글 쓰는 막간에 자리를 옮긴다. 코로나19의 확산 방지로 인해 마스크는 기본이고 현장에는 몇 명의 기자만 참석하고 주로 화상으로 진행되었다.

전직 대통령의 사면 문제가 제일 먼저 수면 위로 올라왔다. 국민 공감대 형성이 우선이고 아직은 그것을 논할 일은 아니라는 답변이 나왔다. 일년 내내 국민 피로감을 누적시켜 왔던 검찰총장과 법무부장관의 신경전에 대해서 대통령이 침묵한 것은 납득하기 어려웠다는 기자 질문에 서로 생각이 달라서 충돌하는 것은 민주주의 사회에서 필요한 과정으로 생각한다는 답변을 듣게 되었다.

BBC 기자의 질문은 이 엄중한 시기에 백신을 충분히 빠른 시간 내에 확보하지 않은 것에 대한 질문으로 이어졌다. 한국 백신 접종은 결코 늦은 것이 아니고 신중하기 위함이었고 오히려 다른 나라보다 빠를 것이라는 답변이었다.

1000명대를 웃돌던 확진자의 수가 오늘은 300명대에 머물러서 그나마 다행이었다. 일차적으로 코로나백신 물량이 들어올 예정이라고 한다. 2월부터 백신접종이 가능하고 6월에서 9월까지 순차적으로 백신을 맞을 수 있고 늦어도 11월까지는 집단면역이 형성될 거라는 청사진을 제시했다.

부동산을 잡지 못한 실책에 대한 질문이 이어졌다. 늘어나는 세대수에 공급이 따라가지 못함과 저금리가 아파트값이 오른 요인이 되었다고 한다. 부동산 공급은 하루아침에 이루어지는 것이 아니라는 궁색한 답변이 나왔다. 현 정부에서 유독 두드러지게 아파트값이 천정부지로 올랐다.

그 뒤 코로나 양극화의 문제와 이익공유제에 대한 문제, 북미관계와 북핵문제, 동부구치소의 대량 확진자의 방역소홀에 대한 문제와 여러 다양한 문제에 대한 소통은 2시간에 마무리되었다. 희망이 보이지 않는 신년사 내용이었다. 모든 문제가 산적해 있어 신년사가 끝났는데도 허탈했다. 그럼에도 불구하고 우리는 다시 힘을 모아 살아내야 한다.

1월 5일 아침밥상을 차리고 있는데 집안 형님의 전화를 받았다. 결국 걱정했던 일이 일어나고 말았다. 멀리서 소문만 듣고 며칠 내내 불안했었다. 코로나19의 3차 대유행의 특단 조치로 하여 5인 이상 모임 금지와 강력한 거리두기의 실천으로 조문을 갈 수도 없는 일이다. 일을 당한 그 남자의 아내를 붙잡고 위로할 수도 같이 울어줄 수도 없다.

그 집의 큰딸이 외지에서 생활하던 중에 몸이 아프다고 엄마한테 연락이 왔다고 한다. 엄마는 지체 없이 딸한테 달려갔을 것이다. 그리고 엄마는 집으로 돌아와 가족에게 코로나를 옮겼다. 그 후 두 딸과 엄마는 병원치료를 받고 돌아왔지만 아저씨는 중환자실에서 결국 돌아오지 못했다. 상처를 입은 세 모녀가 가장을 그렇게 황망하게 보내고 어찌 살아낼 수 있을까. 코로나19는 그렇게 비극적으로 우리 앞에서 실체를 보였다. 친밀한 가족관계의 고리에서 코로나19는 가장을 잃게 만들었다.

외출에서 돌아오다 보니 길옆 철물점 마당에 아저씨의 까만 승용차가 함박 쏟아진 눈에 덮여 있었다. 까만 승용차는 그렇게 정물화처럼 움직일 줄 모르고 내 가슴속에 먹먹하게 얹혀 있다. 눈 덮인 그 집 마당에 가장은 부재중이었다. ─ 2021년 1월

# 머리에 흰서리 내리고

　대구에서 어느 지인의 결혼식에 가서 만난 어떤 여자 때문이었다. 뿜어내는 아우라가 특별했던 흰머리 여자였다. 정말 멋지고 근사했다. 까만 의상과 흰머리의 조화는 어떤 색이 따라갈 수 없는 무채색의 조화였다. 이제는 염색을 하지 말고 저 여자를 닮아 보자고 마음먹었다. 그러나 어림없는 일이었다. 아무나 멋진 여자가 되는 것은 아니었다. 당장 가족이 동의하지 않았다. 가족은 좀 더 젊은 엄마, 좀 더 젊은 아내를 원했다. 결국 다시 염색을 시작했다. 그렇지만 그 여자의 모습은 내 머릿속에 그날의 한 장면으로 남아 있다. 아마도 언젠가는 나도 자유롭게 흰머리로 살아갈 것이다.

　오래전 젊었을 때, 나는 머리를 짧게 깎고 다녔다. 어느 건물에서 엘리베이터를 탈 때 뒤따라온 여자가 "어머, 남자인 줄 알았어요"라고 하면 나는 "이렇게 예쁜 남자 봤어요?"라고 대꾸하곤 했다. 내 못난 성격은 머리가 조금만 길어도 참지를 못한다. 무슨 핑계를 대고서라도 머리를 자르기 위해 미장원으로 달려간다. 그래서 나는 머리 긴 여자를 보면 우선은 성격이 좋을 것이라고 내 기준으로 생각한다. 속으로 점수도 후하게 준다. 반대로 나처럼 짧은 머리를 한 여자를 보면 '아, 저 여자는 성격이 칼칼하겠다'고 내 마음대로 판단한다.

습관처럼 쓰고 있던 모자를 벗은 날, 남편은 내 머리에서 시선을 거두질 못한다.
"머리를 어떻게 해봐 봐. 그게 뭐야?"
내 흰머리를 자꾸 쳐다보면서 하는 말이다. 염색할 것을 강요하는 것이다. 할머니하고 사는 것 같다고 억울해한다. 손주가 벌써 넷, 그건 할아버지가 된 남편도 마찬가지인데 자꾸 억지를 부린다. 남편은 나이 들어가는 걸 유난히 못 견뎌 하는 듯하다. 나를 보면서 할아버지 된 것을 강하게 거부하는 것이다. 힘들고 지친 생활 때문이었을까? 자연스럽게 나이 먹어가는 세월을 즐기지 못하고 살아왔기 때문일까? 실은 나도 다르지 않다. 급하게 조급하게 한 뼘의 여유도 없이 한 생의 파도를 넘어 여기에 부려진 느낌이다. 낯선 노년이라는 이색지대에 떠밀려온 지금, 우리는 서로를 쳐다보며 측은지심에 젖는 것이다.

상고머리처럼 짧게 자른 흰머리로 나타난 나를 보고 토요 기타 반 사람들이 환호한다. 맨발의 디바 '애인 있어요'를 매력적인 보이스로 부른 그 멋진 가수를 닮았다고 했다. 내가 좋아하는 그 여자를 닮았다니 절반의 성공이다. 흰머리 무서리 내린 그대로, 이제는 칼칼함은 숨기고 부드러운 이미지로 살아볼 일이다. 내 체력이 감당해 낼 수 있는 그 한계 내에서 배우고 보고 느끼고 즐기는 시간을 살아볼 것이다. 흰머리 무서리 내린 그대로, 흰머리를 바람에 흩날리면서 내게 허락된 시간을 살아낼 것이다. 이성은 서릿발처럼 고고하게 감성은 카푸치노의 달콤함처럼 부드럽게 내게 허락된 시간을 살아볼 것이다. ─『중부일보』 2023년 1월 4일

# 너를 사랑한 적이 없다

아무리 생각해 봐도 억울하다. 내가 너를 선택한 일이 없는데 감히 네가 나를 선택했다는 것이다. 이 불편한 관계는 언제까지 지속될지 걱정스럽다.

목장 일을 접으면서 우리 부부가 약속한 것은, 동물을 키우지 말자는 것이었다. 여행을 떠나거나 집을 비우게 될 때, 우리를 구속하는 것의 일체를 두지 않기로 약속했다. 잠시 홀가분했다. 그런데 남은 음식이 문제였다. 그래서 할 수 없이 마당 구석에 자유로운 영혼들의 양식으로 남겨두었다. 들며나며 고양이들이 그 음식물을 나눠 먹고 살았다. 그것이 빌미를 준 것 같았다. 이 여자한테 기대어 살면, 한세상 수월하겠다는 계산을 했을 것이다.

이들 고양이 무리 중에 회색 고양이 한 마리가 주방 유리문 밖에서 우리와 눈을 맞추기 시작했다. 그리고 시시때때로 애절한 눈빛을 보내기 시작했다. 배가 불룩했다. 새끼를 낳아야 하니 이집에 눌러앉겠다고 언질을 주는 것 같았다. 모르는 척할 수 없었다. 남편은 사료를 구해왔다. 새끼 낳을 때까지만 책임을 지기로 했다.

한데 예상치 않은 일이 또 있었다. 배가 불룩해 있는 이 회색 고양이가 자기와 꼭 닮은 고양이 한 마리를 데리고 나타났다. 판박이처럼 닮은 걸로 봐서 필시 전에 낳은 새끼였다. 곧 새끼를 낳을 몸으로 우리한테 빌어먹고 있는 녀석이 옛 새끼까지 데려와 밥을 먹이겠다는 거였다. 우리 부부는 어이가 없어 서로 얼굴을 쳐다보며 웃고 말았다. 살면서 정말 별일을 다 겪는다 싶었다. 다행히 옛 새끼를 데려온 일은 그날 한번으로 끝이었다.

회색 고양이는 수시로 찾아와 내게 몸을 들이댔다. 방문을 열면 바람보다 더 빠른 동작으로 들어와 침대 밑으로 숨어버린다. 나는 되도록 냉정하게 고양이를 밀어냈다. 틈을 주지 않고 안전거리를 확보했다.

드디어 회색 고양이의 배가 홀쭉해졌다. 어딘가에 새끼를 낳은 것이다. 한동안 보이지 않다가 사료를 달라고 종종종, 뛰어온다. 어미 고양이는 그때가 되었다고 생각을 한 것일까.

은밀한 외출을 끝내고 어린 새끼 두 마리를 사랑채 마루 밑으로 옮겨다 놓았다. 다른 알 수 없는 은밀한 장소에서 몰래 키우다 이제 어미젖으로는 감당이 되지 않은 것 같았다.

한데 새끼 두 마리가 우리 집 대문을 넘지 못하고 있었다. 세상 밖이 아직은 무섭고 조심스러운 것 같았다. 어미 고양이가 주방 앞에서 대문 밖에 있는 새끼에게 신호를 보냈다. 들어와도 괜찮다고 자꾸 냥냥, 댄다. 새끼 두 마리가 아주 까맣다. 그 새끼의 아비가 까만 고양이었을 것이다. 어찌 그리도 앙증맞은지 나는 금방 무장해제가 된다. 일단 회색 고양이에게 사료를 주니 사료를 먹기 시작한다. 무심코 사람의 말을 건넨다.

"새끼를 데리고 와서 사료를 먹여야지, 너만 먹는 게 말이 되냐고요."

내 말이 끝나자, 대문 쪽으로 뛰어가더니 다시 새끼를 대문 안으로 데려오기 위해서 애를 쓴다. 고양이가 사람 말을 알아듣는 것일까? 난 어이가 없어서 또 한 번 웃고 말았다. 장마와 장마 사이에 햇볕 나는 날, 새끼 두 마리는 어미의 보호 아래 마루 밑을 들락날락하면서 아예 우리 집을 거주지로 만들고 있다.

"어쩜 그리 이쁘게 생겼냐고 혼자 중얼거리는 내 말 때문에 그것 믿고 우리 집에 눌러앉은 것 맞지? 그래서 네 새끼까지 나한테 맡겨놓은 거지? 배만 고프면 시도 때도 없이 냥냥거리는 회색 고양이 때문에 난 자유를 잃어버린 거, 알고 있을까? 이 불편한 동거를 언제까지 해야 하는지 모르겠다. 회색 고양이 말 좀 해봐봐, 사람의 말 알아듣고 있는 거지?"

고양이가 쥐 사냥을 할 때는 고양이의 존재를 암묵적으로 묵인을 했다. 그런데 요즘에는 쥐가 사람의 시야에서 분명히 사라졌다. 시골에서도 쥐를 볼 수가 없다. 그 많던 쥐는 어디로 갔을까? 부쩍 개체수가 늘어난 고양이 때문일까, 궁금해진다. 이제는 동화 속에서만 나오는 쥐가 되어버렸다. 반가운 일인 것은 분명한

데 먹이사슬이 끊긴 것이다. 고양이가 쥐를 사냥해서 살아가야 하는데 인간에게 기대어 살면서 개체수만 불리고 있다. 고양이는 심심하면 새끼를 낳는다. 우리 동네에 낯선 사람이 와서 일정한 시간에 고양이 사료를 주고 가는 사람을 본 적이 있다. 타지에서 이사 온 사람들이 반려묘로 키우다. 끝까지 책임을 지지 않고 이사를 하면서 두고 가는 사람도 있다. 그런저런 이유로 동네에 부쩍 길고양이들이 점점 많아지고 있다. 내가 고양이 만지는 것을 좋아하면 반짝 안아다가 불임수술을 하면 좋겠는데 나는 동물에 손을 대지 못한다. 고양이는 본능적으로 계속 새끼를 낳을 것이다.

회색 고양이는 새끼를 낳아서 계속 우리에게 인사를 시킬 것이다. 그 저의를 도대체 모르겠다. 남편은 농협을 다녀오겠다고 집을 나선다. 습관적으로 왜 가냐고 묻는다. 고양이 사료가 떨어졌다고 한다. 아직도 고양이 사료를 사러 가는 일이 익숙하지 않아서 서로 쳐다보다 허허허 웃는다. 비현실적이어서 대략난감하다. 총체적 난국이다. 고양이를 두고 우리가 이사를 가는 수밖에 없겠다고 한마디 거든다.

요 며칠 사이에 까만 고양이 새끼 두 마리는, 자연스럽게 우리 집 안마당 진입에 성공하여 종횡무진 밤낮으로 뛰어다니느라 바쁘다. 문제는 그 새끼들도 만만한 여자한테 기대어 우리 집을 거주지로 만들 것이다. 이제 내가 할 수 있는 일은 '너를 결단코 사랑한 적이 없다'고 오리발을 내밀 것밖에는 없겠다.

— 문예지『토문재』 2023년 12월

# 드랭이마을의 시간을 살다

　그즈음에 나는 '아직은 마흔아홉'을 주문처럼 입에 달고 살았다. 그 나이가 꽃 같은 나이였음을 그때는 절실하게 깨닫지 못했다. 그냥 눈이 침침해서 불편하고 컴퓨터 실력도 형편없지만 더 버티다가는 여우 꼬리만큼 남아 있던 열정도 메말라 바닥을 드러낼 것 같은 불안감이 들었다. 지금이다. 다시 오지 않을 시간을 붙잡아야 했다. 내 의지는 잠깐이었고 그 다음은 선택에 대한 책임을 져야 했다. 지금 돌이켜보면 참 아득한 시간을 건너왔다. 경희사이버대학교의 문예창작과를 나왔다고 글이 더 잘 써지진 않았지만, 내게는 성장의 시간이었다. 성장은 고통과 책임을 수반한다.

　생업으로 남편과 목장을 하면서 일하는 중간에 먼저 들어와서 시험 준비를 하고 떨리는 가슴으로 컴퓨터로 시험을 보고 나면 한밤중이었다. 늦은 나이에 문학 공부를 한다고 시험 보는 날이면 남편은 그렇게 굵은 채 쓰러져 잠이 들었다. 그때 남편은 작가의 꿈을 꾸고 있는 나를 참 많이도 봐주었다. 지금 생각해도 남편에게 갚지 못한 빚으로 남아 있는 기분이다. 어쩌면 내 욕심은 상처로 남은 시간이 되었다. 그 시간은 빛과 그림자를 함께 공유한 시간이기도 했다.

한편으로는 내 인생의 어느 시기보다 눈부시게 화려하고 화사했던 시간으로 기억된다. 인문학의 공부는 사람에 대한 너그러움과 자연에 대한 놀라움과 아름다움에 대한 경외감, 옳고 그름의 분명한 인식을 가질 수 있었고 심미안을 눈뜨게 하면서 나를 변화시켰다. 내 삶의 지평이 넓어지고 내 삶이 다채로움으로 채워져 갔다. 그리고 무엇보다 이전의 삶보다 겸손해졌다.

주변에서는 문예창작과를 나왔다고 뭔가 일을 저질러서 세상을 놀라게 할 능력을 기대하는 듯했다. 분명 뭔가 가슴에 가득 찬 것 같은데 세상을 놀라게 할 능력까지는 내게서 감감무소식이었다. 그 압박감에서 해방되고 싶어서 딴 짓에 마음을 두기 시작했다. 그것은 클래식 기타를 배우러 다닌 일이었다.

2020년 7월에 목숨처럼 붙잡고 살았던 목장 일을 접었다. 도시화의 물결에 입지가 좁아진 결과였다. 인생을 살다 보면 할 수 없을 때가 온다. 그것 또한 어쩔 수 없는 일이라는 생각이 든다. 유감이지만 목장을 정리한 자금을 조금 떼어내서 첫 수필집을 냈다. 먼 길 돌아온 손님처럼, 첫 수필집은 그렇게 내게로 왔다. 『먼

길 돌아온 손님처럼』은 내 수필 책의 제목이기도 했다.

　이제 다시 소 먹거리를 생산하던 밭에다 본격적으로 농사를 짓기 시작했다. 감자를 심고, 고추를 심고, 감자를 수확한 밭에 들깨를 심는다. 메주콩인 흰콩을 심고, 김장거리인 배추와 무를 심고, 그 심은 작물을 수확하면 1년 농사가 끝난다. 다행히 남편은 농사일을 좋아하는 것 같다.

　쉰아홉에 수원기타오케스트라에 입단을 했다. 늦은 나이 탓인지 실력은 제자리걸음이었다. 지켜보던 선배가 응원을 해준다. 10년을 해봐서 안 되면 20년을 해보면 될 것 아니냐고 거들어준다. 그러는 선배는 같이 기타를 배우다 일찍 그만둔 상태지만 그 말을 믿어보기로 했다. 결국은 현재 그 길 위에 있는 것이 중요하다는 생각이 들었다. 내 실력은 여전히 말석이지만 불협화음을 내지 않으려고 부단히 노력할 뿐이다. 그해 연주회가 끝나면 수능을 치른 수험생처럼 날아갈 듯이 홀가분해진다.

　한 해 잘 살았다는 충만감에 젖어서 뿌듯해진다. 그리고 무한 휴식으로 들어간다. 잠시 휴식기를 갖은 20인의 단원은 구정을 지나고 다시 모인다. 그해 연주회 일정이 잡힐 때까지 매주 토요일에 오후 2시에서 6시까지 연습에 들어간다. 연주회를 갖는다는 것은 기타리스트로서의 검증의 시간이기도 했다. 글을 쓰는 일도, 기타를 치는 일도 결국은 사람들과 소통하는 일이라고 생각한다. 2024년 10월 27일 일요일 오후 3시에 경기아트센터 소극장에서 20회 정기연주회가 열린다. 한 해 동안 수고의 결과물은 공연장의 박수와 환호로 감지될 것이다. 'THE LOVE 더 사랑'의 정기연주회를 알리는 수원기타오케스트라의 현수막이 낙엽처럼 나붓댈 것이다.

시간은 시위를 떠난 화살에 비유하지만 인생의 시간은 누구에게나 공평한 것이다. 억울할 것도 없다. 주어진 시간을 충분하게 살아내면 된다. 사람의 한 생은 포물선을 그리듯이 한순간에 떨어진다. 우리 앞에 마지막 선이 목표지점에 뚝 떨어질 날은 분명 오고야 만다. 그 시간을 위해 우리는 잘 살아야 한다. 그 시간을 위해 우리는 꿈을 꾸고 산다. 자신이 하고 싶은 일을 하는, 그 꿈을 실현하면서 이만하면 충분하다는 충만감을 갖고 싶은 것이다.

바람 불어 심란했던 날에 민들레 홀씨처럼 남편의 고향인 드렝이마을에 안착했다. 이곳에 발을 붙이고 살기엔 너무 척박했다. 의도하지 못했던 불시착이었다. 물설고 낯선 이곳에 기대어 살려면 내가 꿈을 꾸어야 살아낼 것 같았다. 나중에 나이 들어 노동력을 잃었을 때 나는 과연 무엇으로 남은 시간을 살아낼 수 있을까 고민하기 시작했다. 책을 좋아하는 정적인 내가 할 수 있는 것은 글을 써보는 일이 맞을 것 같았다.

마흔아홉에 시작한 것도 잘한 일이다. 그리고 쉰아홉에 도전한 일도 잘한 일이다. 나는 이제 천천히 늙어가면서 내가 살아왔던 날들을 자유롭게 글로 표현하면서 수필적 인간으로 살면 충분할 것이다. 나는 이성과 감성을 기타의 선율로 조율하면서 내면의 조용한 평화의 시간이 좀 더 남았으면 그것으로 충분하다.

— 2024년

**제2부**

# 귀향 보고서

아버지 산소에 소주 한잔 부어드리고 내려오는 길에 내 놀던 학교 운동장으로 뛰어갔지요. 운동장 한 바퀴를 단숨에 달렸습니다. 단상에도 올라 내 유년의 흔적을 찾아보았습니다. 그 좁은 운동장에서 몇 동네 사람들이 모여 만국기를 휘날리며 운동회를 했다니요. 옛날로 되돌릴 수 있다면 어떤 희생을 치르더라도 그렇게 해보고 싶었지요. 항상 맘속에 있던 곳에서 크게 심호흡을 하고서 다른 날을 기약하고 그곳을 떠나왔습니다.

내가 살던 옛 고향에는 길이 없던 곳에 길이 생기고, 있던 길도 없어지고, 낯익은 골목에 교회가 세워졌습니다. 내가 살던 옛 집 터에는 낯선 양옥집이 내가 주인이오! 하면서 버티면서 나를 아는 체도 하지 않았습니다. 자전거를 타고 지나는 사람은 나도 모르겠고 그 사람도 나를 모르는 사람처럼 대했습니다. 나를 반겨줄 친구는 하나 없고 방향 잃고 서 있는 나는 그곳에서 이방인이었습니다.

꿈속에서 항상 그리던 삼각산은 그대로 서서 나를 아는 체하는 듯했지요. 여름에 다시 오마고 맘속에 다짐을 하고 발길을 돌렸습니다. 삼십 년 만에 고향땅의 흙을 밟아보았지요. 또 그만큼의 세월이 흐른 후에야 다시 와보려는지요. 산천은 의구한데 인걸은 간데없다는 말이 바람을 타고 내 빈 가슴으로 들어왔지요.

그 높던 우산재는 왜 그리 금방 단숨에 넘어지는지요. 어릴 때 하늘만큼이나 높았던 우산재는 얕은 산이었습니다. 맨발로 흙의 감촉을 발바닥으로 느끼면서 어느 날에 우산재를 넘어보고 싶다고 생각했는데 그곳은 아스팔트로 포장되어 아쉬움을 남기었지요.

아! 그래도 그곳의 바람은 내가 살고 있는 이곳의 바람과 달랐습니다. 공기의 색깔도 맛도 냄새도 내가 사는 이곳과 너무나 달랐습니다. 나는 하룻밤도 유하지 못하고 난 그곳을 떠나왔습니다. — 2010년 가을날

# 추억 속의 고향

내 고향은 속리산에서 발원한 물길이 내려와 동네를 안고 휘돌아 굽이쳐 흐르는 곳이었다. 그 물이 들로 스며들어 지천으로 들꽃을 피우고 나무의 뿌리에 가닿아 숲을 우거지게 했고, 우산들을 적셔 가을이면 누릇누릇 알곡을 익게도 했다. 사시사철 마르지 않은 시냇물에서 주전자 가득 다슬기를 잡고 빨래도 했다. 한여름 밤에는 마을 사람들이 모여 멱을 감기도 했다. 그 물은 마을 공동체 삶의 근간이었다. 산을 병풍처럼 두르고 하늘만 빼꼼히 보이는 그곳의 사람살이는 시냇물의 흐름처럼 단조로웠고 그만큼 평화로웠다.

그런 일상도 절기에 따라 분주해지는 때가 있다. 추석이 올 때는 며칠 전부터 술렁대기 시작한다. 아직 채 익지 않은 감을 따서 항아리에 앉히고 엷은 소금물을 붓는다. 수숫대 잎을 그 위에 얹고 아랫목에 이불을 덮어놓는다. 이삼 일이면 떫은맛이 사라지는 대신 단맛이 담뿍 배인 '침시'가 만들어진다.

상주읍에서 버스를 타고 봉강을 거쳐 삼십 분쯤 가노라면 높은 산이 우뚝 길을 가로막는 마을이다. 높은 산속을 굽이굽이 돌아 내려가면 감나무 속에 가려져 마을은 보이지 않았다. 그 마을은 무릉도원처럼 쉽게 이방인의 출입을 허락하지 않을 것처럼 보였다. 어찌어찌하여 꿈길처럼 들었다가 다시는 찾아들 수 없듯이 은둔자처럼 조용했다. 늦은 가을이면 집집마다 곶감 만들기에 가을해가 짧았다. 새끼줄에다 깎은 감을 처마 밑에 주렁주렁 매달아 꾸들꾸들해지면 초겨울에 내려앉는 서리처럼 분이 하얗게 피어난다. 그 맛을 잃은 후에는 세상사는 재미 하나 줄어들었다.

아버지는 젊어서 한때 고개 너머에 있는 외서면의 부면장을 지냈다. 술을 너무나 좋아해서 새벽녘에야 그 높은 우산재를 넘어오는 날이 다반사였다. 일찍 술병을 얻어 고생하다 환갑을 넘기지 못하고 돌아가셨다. 선택의 여지 없이 직장을 얻은 오빠들이 동생들의 공부를 맡게 되었다. 그런 연유로 인해 수원에서 여학교를 나와 화성시 드랭이마을에 살고 있는 남자를 만나 결혼을 하고 지금까지 살고 있다.

추석이 오면 그때처럼, 돈을 벌어 동생들의 공부를 책임지기 위해 대처로 나갔던 사람들이 순한 얼굴을 하고서 마지막 버스를 타고 집으로 올 것이다. 그때처럼 높은 우산재를 넘어오면 감잎은 반짝이며 팔랑대고 있는지 궁금하다. 그때처럼 마을 사람들이 모두 나와 순한 얼굴로 마중하는지도 궁금하다. 지금도 개 짖는 소리 멀리 들리고 추석 한가위 달은 그 마을 사람을 닮아 순한 얼굴로 마을 뒷산에 떠오르는지도 궁금하다. 지금도 동네아이들이 숨차게 산에 올라 한가위 달을 마중하는지 궁금하다.

  제법 쌀쌀해진 물을 차면서 징검다리를 건너 우산들에 나서면 노랗게 익은 벼이삭 위로 살찐 메뚜기 폴짝대고 화들짝 놀란 꽃뱀은 잽싸게 달아나곤 했다. 알밤 벌어지는 소리 지척에 들리고 들깨 꽃 떨어지는 소리 나직하게 들려오는 그런 계절이다. 고향의 감나무들은 다 고목이 되었거나 베어졌고, 이제 추억 속에만 남았다.

# 그리운 다슬기국

생각할수록 그리운 곳이 고향이다. 자주 갈 수 없는 처지가 되면, 나이를 더할수록 고향에 대한 그리움이 사무치게 마련이다.

우리 동네를 안고 유장하게 흐르던 시냇물의 발원지는 속리산이다. 사시사철 그 시냇물은 바닥을 드러내는 법이 없이 동네를 안고 산을 돌아 굽이쳐 흐르면서 사람들의 삶을 기름지게 했다. 그 시냇물이 넘쳐나서 지천으로 들꽃을 피우기도 하고 거목의 뿌리까지 닿아서 숲을 우거지게도 했다.

산을 병풍처럼 두르고 하늘만 빼꼼히 보이는 그곳의 사람살이는 시냇물의 흐름처럼 단조로운 가운데 나름대로 일상의 평화를 유지했다. 엄마가 강요하지 않았는데도 우리는 5리(2km)나 되는 학교를 다녀오는 대로 약속이나 한 듯이 두 되들이 주전자를 옆에 끼고 시냇가로 나갔다.

초여름의 따뜻한 물의 온도는 다슬기를 윤기 있게 키워냈다. 큰 돌에 새카맣게 붙어 있거나 모래바닥에 흑진주처럼 흩어진 것을 노획하는 재미는 무엇과도 비교되지 않았다. 한 주전자 가득 다슬기를 주워서 보무도 당당히 대문을 들어서면 엄마는 우리를 환하게 맞아주셨다. 그때는 먹을거리가 그렇게 풍족하지 못한 시절이었다. 그 노획의 즐거움도 좋았지만, 한 주전자의 무게만큼 엄마의 행복한 표정을 보는 일이 좋았다.

제법 많은 양의 다슬기를 솥에다 앉히고서 알맞게 익으면, 아카시아 가시를 따서 그것으로 다슬기 속을 빼먹기도 했다. 가시 끝을 잘 돌려서 나사 모양의 다슬기 속을 온전히 꺼내야 중간에 끊긴 것보다 훨씬 좋은 맛을 느낄 수 있었다. 먹을거리가 없던 시절, 그건 여름날의 소중한 간식이기도 했다.

다슬기를 깨끗하게 씻어 끓인 국은 적은 양으로 온 식구가 푸짐하게 먹을 수 있는 양식이 되었다. 그 국을 끓이는 절차는 아주 간단하다. 적당하게 물을 붓고 깨끗하게 씻은 다슬기를 넣고서 끓이다가 마지막에 조금 많은 양의 파를 넣어 마무리한다. 소금으로 간을 하는 것보다는 조선간장으로 간을 맞추어야 더욱 깊은 맛이 난다. 그 다슬기국의 시원한 맛을 어떻게 표현할 수 있을까. 내 잃어버린 유년과 함께 그 다슬기의 맛도 함께 잃어버렸다. 세월이 아무리 흘러도 그 시원한 다슬기국이 사무치게 생각난다.

그곳에서 초등학교 친구로부터 꿈결처럼 연락이 왔다. 모월 모일에 동창회를 하니 고향으로 내려오라는 전화였다. 전화한 옛 친구에 대한 그리움보다 그 다슬기국의 시원한 맛의 유혹에 흔들리는 것이 과연 옳은가를 고심했다.

다시 그 다슬기국을 끓여본들, 음식이 지천으로 널려 있는 풍족한 삶의 패턴으로 변한 지금 그 시원하고 특별한 미각이 되살아날 수 있을지는 의문이다. 차라리 '그리운 맛'으로 유보하는 것이 시원한 다슬기국의 극치를 누릴 수 있는 최선의 방법일 것이다.

# 가족

새해를 며칠 앞둔 때, 둘째형부의 부음을 듣고 대구로 내려갔다. 아홉 형제자매 중에 세 형제가 살고 있는 대구는 내게는 고향이나 마찬가지인 도시다. 매번 서울에 사는 넷째언니가 먼저 탄 기차를 수원에서 함께 타고 내려간다. 그동안 쌓인 이야기의 꼬리를 물다 우연히 언니의 옆얼굴을 보다 깜짝 놀란다. 우리 자매들과 가장 많이 닮지 않은 대구 언니의 모습이 서울 언니의 웃는 옆얼굴에서 그대로 보인다. 새로운 발견이었다.

이렇게 닮아가면서 우리는 늙어가고 있었다. 이제 친정어머니가 늙어간 그 시간대를 우리 다섯 딸이 살아가고 있었다. "자네는 나이가 들수록 점점 더 자네 모친하고 똑같네, 그려." 고향마을 남자 동창생이 어느 날 뜬금없이 나한테 말을 건넸다.

다른 때와는 달리 목적지까지 가는 내내 마음이 겨울 회색빛 날씨만큼 가라앉았다. 혼자 남을 언니를 생각하면 마음이 쓸쓸해진다. 충남 서산에서 자리를 먼저 잡은 큰언니가 해미읍 장날이면 마파람에 게눈 감추듯이 짜장면을 먹으면서 착실해 보이는 그 짜장면집 총각을 유심히 훔쳐봤을 것이다. 짜장면집 그 총각이 속이 꽉 찬 젊은이인지, 식솔은 제대로 건사할 인물인지 관찰하느라고 가재미눈처럼 가늘어졌을 것이다. 한동안은 별 볼일이 없는데도 장날을 핑계 삼아 해미읍을 참새방앗간 드나들 듯이 바빴을 것이다. 어느 정도의 믿음이 생겼는지 첫째언니는 둘째언니의 남편감으로 짜장면집을 생업으로 하는 남자를 물어 왔다. 그 시절의 둘째언니는 편물 자수를 배워 보무도 당당한 산업역군으로 편입되어 초여름의 나뭇잎처럼 싱그러운 삶이 무성한 이십대였을 것이다.

그렇게 부부의 연을 맺은 둘째언니는 평생 짜장면집을 운영하면서 딸 다섯을 낳은 후에 결국 아들을 얻었다. 그 딸 다섯을 낳으면서 사연도 많았다. 금쪽같이 귀한 아들을 얻은 후에 세상을 다 가진 사람처럼 어깨에 힘이 들어갔을 것이다. 그 힘으로 온갖 어려운 시간을 감당하면서 자식 교육을 위해 교육도시인 대구로 거처를 옮겨서도 생업인 짜장면집을 그만두지 않았다. 이제 평생 직업인 짜장면집도 예전 같지 않다고 한숨이 길어진 끝에 직업병으로 생긴 팔의 통증으로 문을 닫았고, 그런 후에 형부와 언니는 하릴없이 늙어가고 있었다.

10월이 시작되는 첫 토요일에 그 귀한 아들의 결혼으로 다녀온 지도 얼마 되지 않았는데 다시 형부의 장례식장으로 가는 기차를 탔다. 새며느리를 얻은 행복감에 이어 손주 볼 기다림에 설레던 시간을 접고 형부는 먼 길을 떠나셨다. 그 밤에 머리의 통증을 호소했는데 119구급차가 도착하기도 전에 혼수상태가 되었다고 했다. 형부는 결국 깨어나지 못하고 20여일을 응급실에서 혼절한 상태로 연명하다가 77세의 생을 마감하셨다. 생각해 보면 모든 사람의 생은 허망하다. 아무 준비도 없이 사랑하는 사람들한테 마지막 인사도 못 건네고 떠나는 자의 생은 더욱 허망하다. 형부의 생은, 복사꽃 휘날리는 봄날처럼 화사한 날이 몇 날이었을까, 뜬금없는 생각을 해본다.

장례식장에 도착하니 강원도에서 어제 도착하여 하룻밤을 대구 언니 집에서 보냈다는 사촌언니 둘과 형부, 조카가 기다리고 있었다. 서울, 수원에서 온 여동생을 보기 위해 대구에 사는 큰오빠가 머리 허연 노인의 모습으로 미리 와 계셨다. 강원도 추위가 대단하다지만 낡은 이층 양옥집에서 올해 들어서 제일 추운 날에 주인도 없는 집에서의 하룻밤은 참을 수 없을 정도였다고 한다. 모자를 쓰고 겉옷을 입었는데도 추위를 참아내느라고 애를 써서 아침에 머리가 다 아플 정도였다는 농담에 한참을 웃었다.

형제들이 만나 이런저런 안부를 주고받고 있는데 낯선 조문객이 서울 언니를 보고서 깍듯하게 예를 갖추면서 그동안 격조했다고 인사를 하고 있다. 내가 열차 안에서 자매가 너무 닮아 혼자 웃었던 그 모습을 그 낯선 조문객도 발견했던가 보다. 그 조문객은 언니와 동생을 구별하지 못하고 남편을 먼저 보낸 위로를 그 언니의 동생한테 하는 것이었다.

한참 전의 일이지만 조카사위가, 서산에 살고 있는 큰언니의 예비사위였을 적에 서울 사는 이모님을 본 후에, 나머지 세 이모님의 모습을 어디서든 찾을 수 있겠다고 말할 정도로 다섯 자매는 닮았다. 예전에 산본에 살고 있는 둘째오빠 생신날에 식사를 하자고 모인 날, 서울 언니가 먼저 도착하여 경비실을 거쳐 아파트 위층으로 올라간 후에 내가 간발의 차이로 경비실에서 절차를 밟고 있을 때, 경비아저씨가 낮도깨비에 홀린 것처럼 깜짝 놀라면서 방금 똑같은 사람이 올라갔는데요? 하면서 혼이 빠진 모습이 지금 생각해도 웃음이 나온다. 염색을 포기한 머리 허연 남동생이 출장으로 늦게 도착해서 한마디 거든다. "거울 속에 큰형님이 나를 보고 있는 것 같아서 거울을 보다 내가 깜짝 놀란다니까."

　겨우 두 달 전에 결혼식장에서 만났지만, 그 짧은 시간에도 언니들이 점점 더 파파할머니가 되어가고 있었다. 언니들이 틀니 준비로 치아를 뽑고 와서 합죽이가 된 모습으로 오물오물 모여 있었다. 허리가 굽어버린 팔십이 넘은 첫째언니도 부분틀니가 말썽을 부려 치과의사의 권유로 앞니 네 개를 발치했다고 한다. 다시 보완해서 사는 날까지 버틸 요량으로 치과 앞에 도착했는데 제부의 사망 소식을 알리는 전화를 받고서 집으로 급히 돌아왔다고 한다.

　이제 두 언니가 남편을 먼저 보내고 혼자의 인생을 살게 되었다. 제일 큰 문제는 부부가 같이 살다가 한 사람이 먼저 세상을 떠난다는 건 마음으로 아무리 예비해도 견뎌내기 어렵다. 배우자를 잃고 난 뒤에 혼자 남아 소심해지고 우울한 감정에 갇혀버리기 쉬울 것이다. 외롭고 고독한 독거노인이 되는 것이다. 그것은 내 문제일 수도 있는 것이어서 심각해진다. 작은 공동체 안에 흡수되어 활동하며 사는 것이 대안이 될 수도 있을 것이다.

경조사에서 형제들을 만날 때마다 빛의 속도로 늙어가는 모습을 보는 일은 측은하다. 젊은 한때는 그 형제들의 자식 혼사에 다니느라 바쁜 시간을 보냈지만, 그 시간은 시위를 떠난 화살처럼 너무나 빨리 지나갔고 이제, 우리들의 봄날은 얼마 남지 않았을 것이다. 우리 사는 날까지 복사꽃 휘날리는 화사한 봄날, 새털처럼 가벼워져서 복사꽃과 함께 화르르 날고 싶다. ― 2019년 겨울

# 내 어머니

며칠 전 이웃 도시에 살고 계시는 작은오빠가 전화로 친정어머니가 위독하다고 알려왔다. 응급실에 가서 깨어나지 못한다고 했다. 같이 대구로 내려가겠느냐는 말씀에 상황 보아서 뒤차로 내려가겠다는 말을 남기고 전화를 끊었다. 아득해지는 정신을 가다듬었다.

올해도 목장 겨울 먹이의 저장용 옥수수 사일리지(silage)가 끝나고 빈 밭 3000평에다 무씨를 파종했다. 잦은 비 탓으로 적기에 파종을 하지 못한 데다 엘니뇨 현상으로 때 이른 추위가 덮쳐 농작물은 놀라 성장을 멈추었다. 김장 시장은 수요와 공급이 어긋나 배춧값이 하늘 높은 줄 모르게 올랐다. 서민들의 표정은 회색빛 겨울 날씨와 닮아갔다. 값은 올랐지만, 작황이 좋지 않아 농민들의 주머니 사정이 작년보다 좋아진 것도 아니었다.

매년 이맘때면 무 작업을 해야 했다. 날씨가 추워지면 여간 신경 쓰이는 일이 아니었다. 작업할 사람의 품을 사서 땅에 묻거나 김장 시장으로 내야 했다.

어머니가 위독하다는 소식을 접하고도 아홉 자식 중에 나 혼자
만 먹고 사는 일에 발목이 잡혀 그곳에 가지 못했다. 전화로만 어
머니의 상태를 물을 수밖에 없었다. 형제들은 마음이 여려서 기
회만 있으면 눈물을 찔끔찔끔 잘 흘린다. 환갑이 다 된 작은오빠
는 어머니의 상황을 얘기하면서 꺼이꺼이 우셨다. 절로 전화가
끊기곤 했다. 못 오는 네 마음은 오죽하겠냐고, 하면서도 후회하
지 말고 빨리 다녀가라는 뜻을 비쳤다. 어머니는 깨어나긴 했지
만, 자식도 알아보지 못하는 치매 현상을 보인다고 했다.

어머니는 오십 대 젊은 나이에 남편을 먼저 보내고 얼마 되지
않는 농토를 붙잡고 아홉 자식 건사하셨다. 한 번도 절망스러운
모습을 자식에게 보이지 않고 겨울 노송처럼 겨울 대나무처럼 의
연하신 분이었다. 참으로 고단한 가시밭길 같은 인생길에서 이제
길을 잃어버리셨다. 어머니가 응급실에서 일반 병실로 옮겨 가신
후에야 못난 자식은 어머니를 뵙기 위해 집을 나섰다. 일요일 오
후 경부선 열차에 입석으로 고단한 몸을 실었다.

그래도 못난 딸을 알아보신다. 어눌한 목소리로 이쪽은 딸, 저
쪽은 며느리라고 옆 침대 할머니께 소개를 하신다. 의사전달이
힘들어 펜과 메모지를 드렸지만, 글씨를 제대로 쓰지 못하셨다.
응급실에서 깨어나신 후 당신에게 닥친 일들이 황망스러워운지
통곡을 하셨단다. 그리고 지금은 의사소통이 되지 않음을 웃음으
로 받아들이고 계셨다. 씨감자처럼 자식에게 모든 것을 다 내어

주고 빈껍데기로 남은 어머니였다. 호스를 통해 오줌을 받아내고 물리치료를 함께 받으면서 현 상태에서 최선을 다해 보는 힘겨운 시간을 받아들이신다.

공무원으로 퇴직하신 큰오빠가 거의 매일 병원으로 출퇴근을 하신다. 다행히 그 병원에 의사로 근무하는 아들이 있어 어머니와 아들이 있는 곳에 거의 매일 들르는 일이 고역만은 아닐 테지만 그 힘듦은 멀리 떨어져 있는 형제들을 또 가슴 아프게 한다.

콩꼬투리 속의 아홉 형제들은 스스로 익어 세상 밖으로 튀어 나온 줄 알고 각자 사는 일에만 매달려 바빴다. 이제 사정이 허락하는 대로 아홉 자식이 먼 길마다 않고 달려와 번갈아 밤을 지키면서 순하게 잠드는 어머니를 본다. 모든 것은 유한하다. 순하게 잠드는 어머니도 우리 곁에 오래 계시지는 못할 것이다.

어머니의 존재란 무엇인가. 있는 듯 없는 듯 모든 것을 포용하는 자연과 가장 닮아 있는 존재다. 물론 나를 있게 한 근원이다. 무에서 유를 만들어낸 신비한 존재다. 따뜻함의 원천, 무조건적인 사랑과 용서가 시작되는 곳이다. 세상의 끝이 오지 않는 한 어머니란 이름으로 인간의 유대는 계속될 것이다.

어머니란 이름은 영원히 존재할 것이고 그것 하나로도 인류의 미래는 희망적이라고 단언해도 좋을 것이다. 내 삶의 거처로 향하는 내 가슴에서 자꾸만 미열이 났다. 딸자식은 눈물 보탬밖에 하지 못한다고 했다. 수원까지 오는 동안 내 가슴에서 오래도록 겨울비가 내렸다.

　어머니! 당신은 내 인생의 어두운 밤바다에 길을 비춰주는 등
대였습니다.

# 비명 같은 시간이 지나간 자리

　인과의 법칙은 그 굴레에서 크고 작은 톱니바퀴처럼 굴러간다. 그리고 굴러간 흔적에서 늘 자유롭지 못한 것이 사람이다. 자신이 안고 있는 고통스러운 흔적의 무늬들이 지나온 길에 선연히 자국을 남긴다. 그것이 개인의 역사이다.

　기억은 어느 날 소스라치게 산발한 몰골로 시도 때도 없이 미친바람처럼 일어난다. 바람의 비틀림은 온전한 형상을 위해서 빠져나갈 출구를 찾아야 할 절박함으로 비명소리를 낸다. 지금 그 대책 없이 일어서는 미친바람 앞에 속수무책으로 서 있다.
　그날 느닷없이 예고된 일이기는 했지만, 친정어머니의 부음을 받았다. 불우한 날의 징후 없이 무심히 울린 신호음 끝에 전해지는 어머니의 죽음은 단번에 딛고 있는 안전한 땅의 신뢰를 잃어버리게 했다. 어머니의 존재는 어쩌면 상징적인 것인지도 모른다. 막연히 믿고 있던 상징적인 존재의 의미가 부재의 자리로 옮겨가는 것이 순간이었다. 그것은 상실을 의미한다. 의지했던 마음들을 거두어야 한다. 그것은 온전한 독립을 의미하기도 한다.

여든여섯, 그 나이에 어머니는 굽이굽이 한 많은 생을 마감하셨다. 어머니를 보낸 내 나이도 오십 줄에 접어들었다. 어머니의 인생도 즐거움이 있었을까? 생각해 보았다. 꽃 같은 나이, 지금의 내 나이에 어머니는 아버지를 먼저 보내셨다. 당신 앞에 살아 있는 자식 보는 그 안도감으로 세상을 살아오셨을 어머니. 그것만이 우리 아홉 형제가 어머니에게 준 효도의 전부라는 생각을 해 본다.

새벽같이 경산에 있는 화장터로 향했다. 화장터는 9시가 되어서야 업무를 시작했다. 마지막 예를 갖추기 위해 제를 지냈다. 어머니를 보내는 마지막 인사였다. 어머니는 내 눈앞에 '주검'으로 실재했다. 어머니의 죽음 앞에서 나는 예의 바른 자식 중의 하나였다. 그때까지도 나는 몰랐다. 내가, 내 안에서 일어나는 그렇게 큰 미친바람의 소용돌이 속으로 내팽개쳐질 줄은.

사람의 일은 한 치 앞을 알지 못한다. 불길 일어나는 이승의 저쪽으로 어머니는 옮겨졌고, 참을 수 없는 그 일을 내 눈앞에서 봐야만 했다. 난 알 수 없는 절박한 혼돈 속에 갇혀버렸다. 난 비명을 냅다 질러댔다. 상처 입은 불효자식이었던 대책 없는 내 모습이었다. 그 비명은 짐승의 포효였다. 그러지 않고는 내 일그러진 영혼이 헐크처럼 뒤틀리게 되고 말 일이었다. 그것은 온전히 내 모습으로 돌아오기 위한 과정이었는지도 모른다. 대책 없던 나는 형제들에 의해 짐승처럼 밖으로 끌려 나왔다.

나는 엄마의 다섯째 딸이었다. 아직도 어린 막내딸이었다. 누군가 내 앞에서 나를 달래고 있었다. 나는 내 안에서 소용돌이 치고 있는 미친바람의 힘을 빌려 누군가의 지팡이를 저쪽으로 힘껏 던져버렸다. 그리곤 다시 나는 다른 곳으로 내 의지와는 상관없이 옮겨졌다. 지금까지 형제들의 시끄러운 사람살이 저편에서 방관만 하고 살아온 내 돌발적인 행동이 어떻게 설명될 수 있을까 난감해진다. 난 막내딸이니까, 모든 일에 침묵하는 편이었다. 그런데 어머니의 죽음 앞에서 난 뭔가 억울했던 것일까? 어머니가 나처럼, 그렇게 하고 싶었던 것일까? 아버지를 보내시고 30년을 혼자 살아오신 어머니는 얼마나 힘이 드셨을까. 내 밑으로 남동생이 둘이나 더 있었으니….

어머니는 죽어서도 고향에 계신 아버지 옆으로 가지 못하셨다. 그곳이 곧 저수지가 될 것이라는 소문이 돌았던 터라 큰오빠가 살고 계시는 도시 근교 납골묘에 안치했다. 우리는 허위허위 그 산을 올랐다. 관리인이 생화는 둘 수 없다고 했다. 아마도 상주가 떠난 뒤에 시들어버린 꽃의 처리가 불편해서일 것이다. 그곳에서 주황색 조화 한 묶음을 사서 들고 집으로 왔다. '얘는 참 별나다. 하필 여기 그 꽃을 사 들고 간다니?' '엄마 보고 싶으면 이 꽃 보려고 그러지 뭐.' 시간이 흘러도 내 가슴속에서 시들지 않는 어머니처럼 그 꽃은, 한동안 그 자리에서 나와 눈 맞춤을 해주었다. 어머니의 부재에도 여전히 어머니의 목소리는 나를 따라다닌다.
    "먼 길 떠날 때는 오줌을 꼭 누어야 한다."

오늘 어머니의 목소리가 미친바람처럼 일어나는 뒤척임을 재운다.

"응, 알았어. 엄마. 그러고 있어요."

요즘 안개가 잦아진다. 봄이 오려나 보다.

비명처럼 짧은 시간이 지나간 자리에서 예의 바르고 착한 여자의 탈을 던져버린 기묘한 시간을 고해성사처럼 쏟아내면서 머리 산발한 허망한 세월 밀쳐두고, 새살 돋듯이 다시 봄처럼 살아야겠다. — 2005년 9월에 어머니를 여의고 2006년 봄날에 쓰다

# 길

   사람에겐 참으로 많은 길이 있다. 여러 갈래의 길에서 사람들은 자신이 가보지 못한 그 길에 못내 아쉬움과 미련을 버리지 못하고 뒤를 돌아보곤 한다. 여기까지 주저주저하면서 걸어온 길이 과연 바람직한 길이었는지 의문에 사로잡히기도 한다.

   내가 걸어온 길은 어떠했는가. 그 길은 결코 넓고 평탄한 대로가 아니었다. 병환으로 일찍 몸져누우신 아버지로 하여 가계는 어머니의 몫이 되었다. 땅을 팔아 서울에서 공부한 오빠는 동생들을 맡아서 공부를 책임져야 했다. 항상 삶은 곤곤했다. 중학교 때부터 자취방을 구하러 다니기도 했다. 불 꺼진 방으로 들어갈 때면 항상 따뜻한 가정으로 돌아가는 친구들이 부러웠다.

   친한 친구에게조차 말하지 못한 부끄러운 시간도 있었다. 하얀 아까시나무 꽃이 온 산을 치마처럼 두른 어느 여름의 문턱이었던 것 같다. 토요일이면 가슴 설레는 귀향길에 오르곤 했다. 그만그

만한 또래들과 자취 보따리를 들고 수런수런거렸다. 소식 궁금한 친구들을 만날 수 있는 시간이기도 했다. 가난한 부모 밑이라 모두 주머니들은 빠듯했다. 그렇기는 해도 그날 내게 닥친 일은 가혹했다.

봉강쯤을 달리던 만원버스 안, 안내양이 차비를 걷기 위해 다가왔다. 아무리 가난했어도 차비 없이 버스를 탈 리는 없었다. 분명히 바지 주머니에 차비를 넣었을 텐데 없었다. 고개를 돌려 도움을 구할 데를 찾지도 못할 만큼 승객이 빽빽하게 차 있었다. 발은 여기에, 몸은 저기에, 자취 보따리는 또 어디에 있는지, 남자 여자 구분도 안 되는, 세상에서 인구밀도가 제일 높은 시골행 마지막 버스였다.

옆 사람에게 주머니에 넣어둔 차비가 없어졌다고, 대신 내주면 꼭 갚겠다고 말할 용기는 그때 내게는 없었다. 그저 얼굴만 달아오르던 그 당황스럽고 난처함이란! 지금 생각해도 식은땀이 난다. 상처받기 쉬운 사춘기, 내 낯빛이 그때 어땠을까. 버스는 차비를 내지 못한 나를 어중간한 곳에 내려놓고 떠나버렸다.

내가 내린 곳에서 오른쪽 시내를 건너면 순화네 집이 있었다. 순화는 나를 자전거 뒤에다 태우고 페달을 밟았다. 조금 있으면 어두워질 테고 문경새재 같은 높은 산을 넘어야 했으니 둘 다 마음이 급했다. 순화는 상주여중으로 자전거 통학을 하고 있었으니 나를 뒤에다 태우고도 바람처럼 달렸다. 무작정 그 산 밑까지만 데려다 달라고 했다.

그곳에 도착했을 때 우리 동네 남자애가 산 밑 동네 친척 집에 들렀다가 친척 아주머니의 배웅을 받고 있었다. 그 친척 아주머니는 왜 이 시간에 이곳을 들렀는지 모르겠다고 중얼거렸던 것 같다. 순화는 왔던 길을 되짚어갔고 나는 그 남자애랑 아까시아 꽃 냄새를 맡으면서 띄엄띄엄 얘기를 하면서 그 높은 우산재를 넘어왔다. 그런데 그 고마운 남자애가 누구였는지 전혀 기억을 못하는, 그런 세월의 강을 건너고 말았다. 아마도 황순원의 「소나기」처럼 남몰래 나를 좋아했을지도 모른다는 막연한 생각을 해본다.

누구나 성장 과정에서 홍역 같은 시간을 겪는다. 내 유년의 힘들고 어두운 터널 속 같은 길을 생각한다. 산다는 것은 끝이 보이지 않는 길을 한 걸음 한 걸음 발자국을 남기는 것이 아닐는지. 그 길이 비록 고통스러울지라도 나름대로 그만의 색깔과 향기가 있음을 믿는다. 오늘 눈부신 신작로에서 또 다르게 놓여 있는 내가 걸어가야 할 길을 본다.

# 우리는 20회 졸업생

매년 3월 들어서면, 외서서부초등학교 20회 졸업생 동창회를 알리는 문자로 하여 조용하던 단톡방이 소란스럽기 시작한다. 손을 꼽아보니 빛나는 졸업장을 받았던 날이 53년이 지났다.

그 시절의 졸업식장은 "빛나는 졸업장을 타신 언니께 꽃다발을 한아름 선사합니다" 후배들의 노래 한 소절의 시작으로 울음바다가 되었다. 통곡하는 일도 전통이었는지 매년 졸업생은 세상 끝나는 날처럼 통곡의 눈물바다를 이루고서야 빛나는 졸업장을 받게 되었다. 그 통과의례를 거친 후에 망망대해에 닻을 올리는 비장한 마음으로 교문 밖을 나섰다. 알에서 깨어나서 세상 밖으로 나가는 일이 고통이라는 것을 예감해서였을까? 어린 나이에 그렇게 울 일이 뭐가 있었을까? 그때의 졸업식장은 지금 생각해도 알 수가 없다. 우리는 조숙하여 울음의 미학인 카타르시스를 알았던 것일까?

상주여중을 졸업하고, 수원한전에서 자리를 잡고 결혼생활을 시작한 작은오빠가 보내온 수원여고 원서를 들고는 그곳을 떠나왔다. 그후에는 혼자 계신 어머니도 큰오빠 집으로 옮겨가시고 고향집도 정리가 되었다. 그러고는 오랫동안 고향을 가지 못했다.

어느 해 동창회를 핑계로 상주에 진입 중이었다. 도착하자마자 터져 나오는 본능적인 감정에 속수무책으로 포위되어 버렸던 그해의 감정은 특별했다. 그 행복한 기분은 어디에서 오는 것일까? 내가 태어난 고향은 상주에서도 사십 리 길이 남았지만 벌써부터 설레고 흥분되었던 감정은 뭘까? 무엇으로 설명할 수 있을까? 오랫동안 그리워했던 땅의 기운이, 공기의 신선함이, 산천이 뿜어내는 에너지가 쓰나미처럼 덮쳐와서 정신이 혼미할 정도였다. 나는 동창회의 이름을 빌려 그리운 고향 순례를 해왔다. 운이 좋으면 내가 살던 동네도 들러 오곤 했다.

이번에는 문경에서 동창회를 갖기로 했다. 2024년 3월 9일, 모임 시간을 맞추기 위해 서둘러 길을 나섰다. 수원을 지나 여주까지 가는 영동고속도로를 탔다. 가다 서다를 반복하면서 씽씽 달리는 차들이 위협적이었다. 내비게이션 안내를 따라 충주 방향으로 우회전을 하면서 중부내륙고속도로에 들어서면서 2차선 도로는 한적했다. 도로 위의 공포에서 벗어나 제법 여유가 생겼다. 상주에서 모여 점심을 먹고 문경으로 오는 친구들이 목적지 말고 문경석탄박물관으로 오라는 전화가 왔다. 안내에 따라 주차장으로 들어서서 한숨 돌리는데 왁자하게 친구들이 차에서 내린다.

"야, 너는 꼭 시인 같다"는 인사말을 친구가 건넨다. 시를 쓰는 시인이기를 꿈꾸지만 시는 호락호락하게 나를 받아들이지 않았다. 나는 시인이 되고 싶은 꿈만 꾸다 말았다. 나는 유감스럽게 시의 길을 찾지 못하고 어쩌다 만난 수필의 길에서 안도하는 중이었다. 석탄박물관은 토요일이라서 문이 닫힌 채였다. 일단 박물관 앞에서 단체 사진을 찍었다. 그 대신 모노레일을 타고 올라간 자리에 영화 촬영장과 드라마 세트장이 마련되어 있어서 그곳을 둘러보면서 시간을 보냈다.

그동안 격조했던 시간을 농담과 진담 사이로 마음을 맞추면서 1970년대 그 시절로 마음의 앵글을 맞추는 작업에 들어갔다. 모든 사극의 영화나 드라마는 이곳 문경에서 만들어진다는 친구의 말이 보태진다. 눈앞에 파노라마처럼 펼쳐지는 산맥들이 우뚝우뚝 솟아 있고 그 산속 깊이 문경이 조용하게 들어앉아 있었다. 아직 새잎이 돋지 않은 겨울나무로 하여 산의 속살까지 훤했다. 이 계절에만 만날 수 있는 산의 여백이 좋았다. 겨울나무를 품으면서 직립한 무채색의 품격은 고향 산의 품격과 닮아 있었다. 그 풍경 사이사이로 친구들의 말소리가 들리고 매년 시간의 흐름을 읽게 되는 모습에서 안타까움과 애잔함이 묻어난다. 다시 숙소로 옮겨 짐을 풀고, 늦게 합류한 친구들과 저녁을 먹었다.

동창회에서 친구들을 만나면 빼놓을 수 없는 재미는 함께 먹는 음식이었다. 오래전에 오리고기를 먹으러 몰려갔다. 음식이 준비될 동안, 우리는 무슨 독립운동 하는 사람들의 맹세처럼 오리의 피를 소주잔으로 돌리기 시작했다. 분위기에 휩쓸려 오리의 생피를 마셨던 기억이 있다. 그리고 몇 해 전에 대구에서 아침 식사를 하기 위해 몰려간 골목식당에서 한우 육개장을 먹었다. 고추기름이 잔뜩 들어간 육개장에 대파가 가득 들어 있었다. 그런데 그 맛이 일품이었다. 동창회는 맛 기행을 함께하는 자리이기도 했다. 그 후는 몸과 마음의 이완을 위해 노래방은 코스다.

내가 제일 힘들어하는 시간이다. 유흥에 약한 인자로 태어난 나는 그만 집으로 돌아가고 싶어진다. 유흥의 시간에 일체가 되어 버린 친구들이 참 부럽기도 하다. 난 여전히 매번 직립한 겨울나무처럼 삭막해져서 섞이지 못하고 혼자 쓸쓸해진다. 그 노래방에서 해방되어 숙소로 올라와서는 넓은 방에 쭉 둘러앉아 동창회의 본론으로 들어간다. 그해 졸업한 47명 중에서 남자 15명과 여자 5명이 이번 동창회에 출석을 했다. 다른 세상으로 옮겨간 친구가 벌써 여럿이다.

처음에는 각자 이야기보따리를 푸느라고 상주 읍내 오일장같이 와글와글 난리법석이다. 그동안 못다 한 이야기꽃을 피우면서 말의 잔치가 무르익어 갔다. 각자 돌아가면서 하고 싶은 이야기를 하는 시간이 주어진다. 한 친구가 기억의 실타래를 풀면서 이야기가 이어진다. 우리는 돌아가신 선생님 이야기도 가끔씩 한다. 5학년 6학년 담임을 계속하셨던 선생님은 교대를 막 졸업한 혈기 왕성한 젊은 선생님이셨다. 그땐 왜 그렇게 시험점수를 가지고 몽둥이로 다리가 휘청거릴 정도로 때렸는지 모르겠다. 지금 같으면 큰일 날 일이었다. 그때는 매가 용인되는 시절이었다. 그래도 선생님을 모시고 초창기엔 동창회를 가졌다. 그 선생님은 후회한다고 하셨다. 그때는 때려야 교육의 효과가 있다고 생각하셨고, 그 생각이 잘못된 생각이었다고 진심으로 사과를 하셨다. 아마도 일제 교육의 잔재였을 것이라고 우리는 고개를 주억거리면서 동의를 했다. 상급학교 입시가 있던 시절 선생님은 그렇게라도 해서 진학을 많이 시키는 게 제자사랑이라 생각하셨을 것이다. 그 매를 맞고도 우리는 건강하게 자라나 동창회에 와서 속없이 넌 누구를 좋아했네, 아참, 나도 그 애를 좋아했는데, 하며 사춘기 시절로 돌아가서 밤이 늦도록 이야기가 끊이질 않았다.

이튿날 아침에 문경 사는 친구가 전주 콩나물밥을 사주었다. 그리고 우리는 각자 떠나온 자리로 회귀하는 연어의 몸짓으로 아름다운 유영을 하기 시작했다.

동창회는 얼마동안 지속될 것이다. 할 이야기가 남아 있는 한 그 이야기를 하고 싶어서 몸살이 날 것이기 때문이다. 누가 날 좋아했는지 확인하는 유쾌한 자리가 그리우면, 다시 모여 밥을 먹고, 밤이 깊도록 여우가 나오는 산골 이야기를 할 것이다. 다시

맞는 봄처럼 삼월이 오면 고향, 상주로 모일 것이다. 나이하고는
상관없는 우리들의 어린 새 봄을 만나러 갈 것이다. ㅡ 2024년 봄날

# 그 장소에서 우리가 만나지 않았다면

　오래 전의 사건은 시간이 지나면 잊혀지게 마련이지만, 그 사건은 초등학교 앞 문구점에 있던 두더지게임처럼 불쑥불쑥 고개를 든다.

　나는 중학교 진학으로 고향을 떠나 있었다. 고향을 떠난 지 얼마 되지 않아서 초등학교를 같이 다닌 남자애가 편지를 보내왔다. 그런데 무엇 때문인지 봉투 겉면에다 '출입금지'라고 썼다. 큰오빠는 재미있어 죽겠다는 표정으로 그 편지를 건네주었다.
　큰오빠는 상주에서 김천 방향으로 가는 중간쯤되는 청리중학교에 근무했고 나는 그 집에서 함께 지내면서 기차 통학으로 상주여중을 다녔다. 상주는 지금 시로 승격돼 있지만 그때는 군 도시로서 상주읍이 중심지였다. 주위의 모든 면 초등학교 졸업생은 남자는 상주중학교를, 여자는 상주여중학교 진학을 목표로 공부하던 시절이었다.
　그 남자애는 불우한 환경으로 중학교 진학을 하지 못하고 고향에 남아 있었다. 그때는 그런 일이 아주 흔했다. 별로 친하지도 않던 남자 친구가 뜬금없이 보낸 편지에 나는 답장을 보내지 않았다. 몇 날 몇 밤을 고민하다 편지를 보냈을 그 남자애는 분명 깊은 상처를 받았을 것이다.

첫 여름방학을 맞아 고향으로 내려갔다. 그때부터 문학소녀의 기질이 있었을까. 책 한 권을 들고 냇가의 큰 나무 그늘을 찾고 있었다. 아무도 없는 들판에 매미 소리만 햇볕처럼 쏟아져 내리고 있었다. 그곳에서 살아있는 뱀을 맨손에 잡고 있는 그 남자애, 바로 '출입금지'의 주인공과 딱 마주쳤다.

그 남자애는 한 치의 망설임도 없이 내 목에 뱀을 감아버렸다. 한 여자애의 비명소리에 온 들판에 있던 생물과 무생물까지도 숨을 멈추었다. 순간적인 판단으로 자기 편지에 답장을 보내지 않은 여자애한테 하는 복수라고 생각했을까?

그 뒤 우연이라도 그 남자애를 본 적은 없다. 그 남자애는 나쁜 길로 빠졌다가 이 세상에서 영원히 사라진 사람이 되었다는 소식을 바람결에 들었다. 그 장소에서 그렇게 만나지 않았다면, 우리는 시냇가에서 맞딱뜨린 악연이 되지는 않았을 것이다. 이제는 그 남자애가 나에게 받은 상처에 대해 연민마저 든다. 세월이 주는 너그러움일 것이다.

나는 수원시의 경계 지역인 화성시에 거주지를 두고 있다. 그것도 산자락 밑에 본가를 둔 남자하고 살고 있다. 겨울 한철 빼고는 전전긍긍하는 시간을 보내야 하는 삶이다. 어느 해에는 시부모님 산소가 있는 뒷산에 고추를 심어놨다가 전전긍긍하면서 고추를 따러 산에 올랐다. 고추밭 초입에서부터 온 신경을 곤두세웠다. 그날은 하필 고춧대 위에 목을 곧추세우고 일광욕을 즐기는 뱀과 정면으로 마주했다. 그 장면을 보는 동시에 가지고 간 양동이까지 버려둔 채, 온산이 무너질 정도로 비명을 지르고 냅다 뛰어 내려왔다. 다시는 그 산에 오르고 싶지 않았다.

문제의 그 산밑의 밭 자락에다, 150평쯤 되는 땅에 야외정원을 만들었다. 2020년 5월에 시작했으니 제법 자리가 잡혀간다. 이제는 그 정원을 들고나는 지인들이 많아졌다. 며칠 전에는 단톡방에 정원의 꽃 사진을 올리다 그것이 빌미가 되어, 수원여고를 졸업한 친구들이 모이게 되었다. 이곳에서 근거리에 있는 야목역까지 오면 데리러 가겠다고 하니 모임이 쉬워졌다.

우리는 수원여고 31회 졸업생이었다. 그래서 매달 31일이 있는 달에는 수원시청 근방에서 모임을 가져왔다. 밥은 밖에서 먹자고 논의를 했지만, 그래도 따뜻한 밥 한끼 먹이고 싶어서 슬며시 점심 준비를 시작했다. 먼저 동네에 진입한 친구에게 준비한 먹거리를 옮기게 하고 나는 야목역으로 오전 10시에 마중 시간을 맞추느라 분주해졌다. 그런데 서울에서 내려온 친구가 평상어로 말을 하는 것이었다.

"명주야, 음식을 갖다 두려는 야외 상 밑으로 아주 큰 뱀이 구불텅구불텅거리면서 지나가고 있는데 네가 키우는 뱀이야?"

나는 가슴이 철렁 내려앉았다.

내가 놀라자 친구는 전혀 개의치 않는 표정이었다. 나는 내 집에 오자마자 뱀을 만나게 한 일이 미안했는데 친구가 놀라지 않아 정말 다행이었다. 친구의 대범함이 정말 부러웠다. 다행하게도 이곳에 도착한 친구들은 전혀 뱀에 대해서 신경을 쓰지 않았다. 친구들은 오자마자 배가 고프다며 이른 점심 먹기에 바빴다. 그리고 그날 하루 야외정원에서 이야기꽃을 피우느라 유쾌했다.

친구 말처럼 내가 이 정원에서 뱀까지 키울 정도라면 정원지기의 시간이 얼마나 풍요로울까. 나는 잠시 생각에 젖었다. 올해는 다행스럽게도 나는 아직은 뱀을 보지 못해서 그나마 안심하고 꽃밭을 수시로 드나들고 있었다. 정원에 고양이를 키우면 뱀이 오지 못한다고 했다. 고양이는 수시로 꽃밭을 다녀가곤 하지만 그래도 안심할 수는 없다. 메리골드에서 나는 특유의 향기를 뱀이 싫어한다고 해서 꽃밭 주위에 메리골드를 촘촘하게 심었다. 눈에 보이지 않는다고 나는 안심을 하고 살았다.

뱀이 수시로 내 정원을 침범했지만 내가 보지 못했을 뿐이었다. 하지만 친구가 내 꽃밭에서 실체를 본 순간 난 이제 전전긍긍할 일만 남았다. 언제 그 뱀을 보게 될지 몰라 두리번거리며 이곳에서의 즐거움이 한순간에 사라졌다. 내 어린 손주들은 어린 꼬마였을 적에도 길에 뱀이 죽어 있는 것을 구경을 간다고 수런거리며 나서곤 했다. 나는 손주보다도 못하다고 자책한다. 어찌 보면 정신적인 불구가 되어서 한 세상을 살고 있는 나는 대책이 없다.

뱀 허물만 보아도 소스라치게 놀라서 그 하루를 허둥대며 살고
있는 나 자신이 참말로 대책 없이 가련하다.

## 제3부

# 마흔이 시작될 때, 나는

내가 살던 곳은 외서면 우산리였다. 상주시청에서 45리 떨어진 산골 동네였다. 하늘만 빼꼼히 보이는 그곳에 하루에 한 번씩 버스가 들어왔다. 그 버스는 우리 집 앞을 지나서 더 깊은 산골인 은척으로 들어갔다. 우리 동네에서 은척까지는 시오리쯤 된다. 저녁에 은척으로 들어간 버스는 그곳에서 하룻밤을 지내고 아침이면 어김없이 우리 집 앞을 지나 상주읍으로 나갔다.

그 버스는 상주여중으로 시험을 보러 가는 길이 되어 주었다. 큰 세상으로 나아가는 첫 발걸음이었다. 경쟁사회로 진입하는 입시를 통과해 상주에서 자취를 시작했다. 자취방과 학교를 오가며 평일을 보내고 토요일 오후에는 집으로 들어가는 버스를 탔다. 버스에서 만나는 사람들의 까매진 얼굴, 왁자한 사투리는 가난으로 찌든 초라함으로 다가왔다. 이곳을 벗어나기 위해서는 공부를 계속할 수밖에 없다고 생각했다. 명실상부한 도회지 사람이 되어 내 출신성분에서 멀어지고 싶었다. 사춘기 시절 그때는 그랬다.

그런데 어찌하다 난 시골에서 결혼생활을 시작했다. 내가 꿈꾸던 인생하고는 자꾸 멀어졌다. 육체적인 노동의 시간이 끝나면 내게 남겨진 건 뭐가 있을까를 생각하니 막연한 두려움이 생기기 시작했다. 오래 갈등하다 보니 점차 이곳에서의 삶에 익숙해졌다. 출신성분을 속일 수는 없었다. 처음부터 난 시골 사람이었다. 그러나 그냥 이대로 살 수는 없다는 생각이 되살아났다. 어린 시절의 꿈 저편, 예전의 버스 속의 다짐을 떠올렸다. 내 꿈만 싣고 떠나버린 그 버스를 생각했다.

이곳에서 가능한 한 다른 꿈을 꾸기로 마음을 바꾸었다. 내가 살고 있는 곳에서 가까운 곳을 탐색하기 시작했다. 책 읽는 것을 좋아했으니 '문학'이라는 데 이끌렸다. 협성대학교에서 평생학습 차원에서 진행하는 문학반에 들어갔다. 화성시에 소재하는 협성대는 자동차로 30분이면 닿을 수 있었다. 가슴 두근거리며 참여한 첫 강의실에서 시인 최문자 교수님의 강의를 수강했다. 나이 예순에도 연애를 할 수 있는 사람이어야 글을 쓸 수 있다는 말이 아주 매력적으로 들렸다.

예순에 연애? 그게 뭐가 어렵다는 것인가. 그 쉬운 것 때문에 글을 못 쓸 일은 없을 것 같았다. 박계형의 인기소설 『머무르고 싶었던 순간들』을 시작으로 한때 유행한 연애소설을 통달해 있었다. 연애학은 식은 죽 먹기라고 혼자 웃어버렸다. 최 교수님이 말하는 시험대를 나는 아주 쉽게 내 마음대로 통과했다. 그때가 마혼이 시작될 무렵이었다. 강의시간의 첫 습작은 '내 인생에서 가장 힘들었던 순간'에 대한 글쓰기였다. 초등학교 시절 구구단 암기 수업 때처럼, 한 문장이라도 시작한 사람만이 집으로 갈 수 있었다. '그해 겨울날'이라는 글제를 정하고 집으로 돌아와 밤새 글을 만들었다. 서둘러 갔지만 지각을 하는 바람에 숙제로 낸 글에 대한 칭찬을 듣지 못하고 말았다. 교수님이 방금 내 글을 칭찬했다는 말을 옆자리에 앉은 도반에게서 들었을 뿐이었다. 첫 수업에 수필의 형식을 빌려서 만든 그 글이 나중에 등단작이 되었다.

꿈을 실현하기 위해서 뛰는 걸음은 버거웠다. 남편과 시작한 목장 일은 만만하지 않았다. 신새벽에 일어나 목장 일을 끝내고서야 강의실에 갈 수 있었다. 나는 일주일에 한 번 있는 수업에 밥 먹듯이 지각을 했다. 그래도 결석은 하지 않았다. 글을 쓰고자 작정한 사람은 결혼을 하지 않는 게 옳다는 이야기를 자주 하셨다. 그 말이 맞는 이야기이지만 그건 재능을 뛰어나게 타고난 사람에게만 해당이 될 말이다.

그리고 어느 날은 시 한 편을 만들어서 교수님께 보여드리면서 이것이 시가 될 수 있는지 조심스럽게 물어보았다. 『전원생활』이라는 잡지에 내면 딱 좋은 시라고 얼른 잡지사에 연락을 해보라 하셨다. 아마도 벌써 이번 달 마감이 되었을 수도 있다 하셨지만 『전원생활』을 받아보고 있었기 때문에 연락을 곧바로 할 수 있었다. 담당자의 말도 교수님과 똑 같았다. 이번 달의 시는 마감이 되었지만 그래도 서둘러 보내 달라는 것이었다. 그리고 며칠 후에 답이 왔다. 즉시 사진과 원고료를 받을 통장 사본을 함께 보내 달라고 했다. 시를 써서 받은 첫 원고료이자 마지막 원고료였다. 나는 시를 쓰는 사람으로 살지 못했고 수필로 방향을 정하고 살아온 것이다. 그 달, 내가 살던 고향을 닮은 시 한 편과 마흔의 내 얼굴 사진이 실린 『전원생활』이 우편으로 왔다.

며칠 후에 나는 비봉농협서 출금전표를 작성하고 있었다. 안면이 있는 아저씨가 어깨 너머로 무심하게 보면서 한마디를 거든다. "아니 어쩌면 글씨를 그렇게 잘 써요?" 아저씨의 말을 받아서 "그런가요?" 정도로 답했다. 그 말은 시골 좁은 농협 사무실에 다 들렸던 것 같았다. 그 말의 진동으로 결국은 조합장의 시선을 받게 되었다. 조합장님이 『전원생활』에 시가 실렸다고 놀라워하면서 축하를 건넸다. 아직은 비봉면에 시를 쓰는 여자가 있다는 것이 생소했을 것이다. 그 특별함에 경의를 표하는 직원들이 업무를 멈추고 모두 일어서서 나에게 응원의 시선을 보내주었다. 이렇게까지 축하를 받게 된 뜻밖의 행운에 어찌할 줄 모르고 쩔쩔매고 있었다. 소심한 나는 지금까지도 그 응원에 감사하다는 말을 제대로 하지도 못했다.

외과의사 이국종 박사가 세상살이에 힘들어하는 MZ세대에게 건네는 말을 유튜브 방송에서 듣게 되었다. 인생의 99%가 비극이지만 우리가 사는 목적은, 가끔 오는 즐거움이나 행복이나 그런 것을 보면서 죽을힘을 다해 버티는 것이라고 했다. 그러다 보면 인생에서 남는 것이 분명 있을 거라고 했다. 나를 좋아하고 지지해 주는 친구가 세상 저쪽에서 나를 위해 피투성이 싸움을 벌일지도 모르는 일이라고 했다. 나머지 1%의 빛을 보면서 희망을 가지라는 응원을 들으면서 나는 생각했다. 이국종 교수가 개인으로 겪었을 고독과 고통이 고스란히 내게 전해졌다. 누구의 인생이든 한 생을 살아오면서 그 힘들었을 생을 퉁쳐서 99%의 비극에 견주어서 응원했을 것이다. 좀은 과장된 표현이었지만 전달 효과는 충분했다. 글 쓰는 일이 대단한 일은 아닐지라도 나는 1%의 빛이었다고 생각한다.

내 의지로 선택한 수필의 길은 사람이 걸어가야 할 바른 길을 안내해 주었다. 수필의 길을 걸으면서 읽은 책들은 삶의 이정표가 되어주었다. 수필을 쓰면서 살아온 시간은 모범적인 시민으로 살아갈 수 있는 소양을 가진 사람으로 만들어주었다. 글을 쓰면서 부단히 성찰하는 시간이 되었다. 삶이 경건해져서 함부로 살수가 없었다. 일상의 삶에 게으름이 용납되지 않았다. 무엇보다 긍정의 힘을 갖게 되었다. 같은 길을 가는 사람의 글을 읽으면서 얻는 연대감도 나를 성장시켰다. 문학은 글을 쓰는 사람들이 생산하고 글을 쓰는 사람들이 결국 소비를 한다는 생각이 들었다. 가능하다면 함께 살아가는 공동체의 삶에도 선한 영향을 주는 수필인의 삶을 살고 싶은 것이다.

# 목련꽃은 피고지고

목련꽃은 해마다 피고진다. 세월이 덧없이 흘러가는 나날 속에
뭔가 채워지지 않는 미진함의 근원이 무엇인지를 생각한다. 오래
전부터 하고 싶은 문학공부였기에 망설임 끝에 경희사이버대학
교 문예창작학과에 원서를 넣었다.

마흔아홉, 무엇을 시작하기에는 이른 나이는 분명 아니다. 그렇
다고 늦은 나이는 없다. 지금의 보폭으로 지적 욕구를 충족시킬
그 어떤 것에의 도전은 결코 무모하지 않을 것이라 확신한다. 중
간중간 너무 힘들어 포기하고 싶은 유혹도 없지 않음을 고백하지
만 아무것도 준비하지 않고 세상을 살아간다면 그건 참을 수 없
는 자신에 대한 모욕이다.

하고 싶은 공부의 매혹, 그걸 허영이라고 치부해도 할 수 없다.
그 허영까지도 자신의 발전의 밑거름이 된다면 기꺼이 함께할 것
이다. 노동력을 잃었을 때 내게 남겨질 것은 무엇일까? 아무것도
할 수 없는 육체만 남았을 때 나는 깊은 회한에만 빠져 있을 수

없다. 그런 생각으로 나는 몇 년 전부터 평생교육원을 찾아다니면서 문학 공부를 시작했다.

양질의 교육을 받게 하고 싶어 대처로 자식을 보냈다. 그러고는 밥을 벌어먹고 사는 일에 발목이 잡혔다. 이후 십여 년의 세월, 잠 못 이룬 고통의 시간에 책을 읽기 시작했다. 좀 더 수월하게 세상을 건너가기 위해서, 이 세상의 말들을 알아듣기 위해서 내 생각과 다른 사람들이 말하는 방언까지도 알아듣기 위해서 나는 공부를 시작했다.


얼마 전, 남편과 함께 하는 목장에서 참으로 불행한 일을 겪어야 했다. 미물인 동물도 동료가 새끼를 낳으면 쭉 둘러서서 그 어미와 새끼를 보호해 준다. 소들이 몰려 있는 분위기가 심상치 않았다. 마침 무슨 냄새를 맡았는지 풀어놓은 개가 그 심상치 않은 분위기에 가담했다가 쫓겨나는 중이었다. 뭔가 이상했다. 자꾸만 시선이 그곳에 갔다.

"어! 새끼 낳나 봐."

갑자기 흥분되고 설렜다. 새끼를 낳는다는 것, 그 탄생의 의미는 매번 나를 흥분하게 했다. 만물의 영장이라는 사람은 돌을 지나야 겨우 걸음마를 하는데, 네발짐승은 태어나자마자 몇 번 쓰러지다가 곧 바로 직립을 한다. 참 경이로운 모습이었다.

방금 어미와 분리된 배꼽에 상처 덧나지 않게 베타딘을 흠뻑 바른다. 몇 번 원칙을 지키지 못한 대가로 배꼽이 곪아서 송아지를 잃은 실수를 겪은 탓에 기본원칙을 지키는 것에 익숙해졌다.

며칠 전, 일년에 한 번 우결핵 반응검사를 받는 날이라 축산위생연구소 직원이 직접 방문했다. 그 검사 결과가 오늘 나왔다. 두 마리가 양성반응이었다. 두 마리 모두 새끼를 낳아야 하는 만삭의 소였다.

소 결핵병은 우형결핵균(M.bovis)의 감염으로 발생하는 만성 소모성 인수공통 전염병으로 제2종 법정 전염병이다. 잠복기가 수 주일에서 수개월이다. 만성 소모성 질병이므로 병이 심하게 진행되기 전까지는 쇠약, 기침, 빈혈 등과 같은 눈에 띄는 증상이 나타지지 않기 때문에 알아차리기 쉽지 않다. 결핵균은 세포 내에 감염하는 세균이기 때문에 항생제나 면역세포에 영향을 받지 않아 효과적인 치료법이나 예방 백신이 없다.

감염 동물과의 직접 접촉에 의한 전염이 주 전파경로다. 또 비말에 의한 기도 감염, 오염된 사료와 물 섭취에 의한 경구감염, 젖을 통한 소화기 감염, 태반 감염도 있다.

얼마 전 소장수로부터 소 한 마리를 구입했다. 어쩐지 상태가 의심스러워 새끼를 본 후에 처분하기로 한 것이었는데 그 사이 시간이 흘러 이런 불행한 결과가 나타난 것이다. 아마도 문제의 소가 나이 많은 다른 소를 전염시킨 것 같았다. 어찌되었건 결과에 승복할 수밖에 없었다.

빠른 시간 내에 시청에 보고가 되었고 며칠 안으로 두 마리 모두 살처분에 들어가기로 했다. 현 시가의 80%의 보상에도 할 말이 없었다. 그러던 중에 노산인 소가 이른 새벽 새끼를 낳았다. 어찌할 것인가. 우유를 달라고 보채는 어린 생명을 어찌할 것인가. 모든 것이 투명해야 나중에 별 탈이 없을 것 같아 축산위생연구소에 전화를 걸어 문제의 소가 새끼를 낳았다고 보고를 했다. 어미 소와 함께 묻어야 한다는 답이 돌아왔다. 할 수만 있다면 나는 규칙을 어겨서라도 어린 생명을 감추고 싶었다. 내게는 참으로 절박한 현실의 문제였다. 속이 새까맣게 탔다.

그날은 아침부터 겨울비가 추적추적 내렸다. 시청 직원이 포클레인 기사와 소를 처리할 사람을 대동하고 찾아왔다. 소 처리하는 사람 곁에는 커다란 해머가 놓여 있었다. 나는 그렇게 원시적인 방법으로 소를 처리하지 말고 차라리 마취제를 주사해 달라고 했다. 시청 직원은 마취주사 비용이 만만치 않고 자신의 힘으로는 어쩔 수 없다고 했다. 남은 소의 안전을 위해서 다른 선택은 없었다.

며칠 내내 남편과 나는 의욕을 상실한 채 겨울잠을 자기 시작했다. 소의 안전을 지켜주지 못한 무능력이 한심했다. 이 죄를 어찌할 것인가. 아픈 상처에 소금을 뿌린 듯하다.


오늘 새 생명의 탄생으로 며칠 전 내가 겪은 불행의 늪에서 조금 자유로워진 기분이다. 모든 살아있는 따뜻한 생명에 감사하면서 사랑해야 할 이유를 뼈아프게 깨닫는 아침이다.

힘든 목장일로 늦은 밤에 컴퓨터 앞에 앉아서 수없이 졸음을 참아내느라 한 강의를 끝까지 듣지 못해 서너 번 되풀이해 들었다.

그런 고생도 기꺼이 감수하면서 지금은 미미하지만 문학을 향한 물줄기는 분명 바다에 이를 것이라는 희망으로 최선을 다하려 한다. — 2004년 경희사이버대 제1회 체험수기 공모 장원

# 무엇으로 사는가

  사람은 무엇으로 사는가.

  이 화두는 항상 숙제처럼 내 안에서 물음표로 머물곤 한다. 아침 일찍 일어나 목장일도, 풀 베는 일도, 파밭 풀 뽑는 일도, 오늘만큼은 접어두고 제33회 전국주부백일장에 참석하기 위해 먼 서울 길 이곳, 문예진흥원을 찾아오면서 나는 내 안에서 갈증처럼 타는 그 무엇을 찾아 길을 떠나는지를 생각해 본다. 마음속에 실타래처럼 엉켜 풀리지 않는 말들을 제 자리에 갖다 놓지 못해 늦은 밤 잠 못 이루고 뒤척이는 나를 배려해서 남편도 선뜻 서울행을 허락해 준다. 내 몫만큼의 오늘의 노동을 흔쾌히 혼자 떠맡으면서 나를 응원한다. 오늘 무엇이 나를 이곳에 오게 하는지를 생각해 본다.

  나는 무엇으로 사는가.

  힘든 노동의 생활 속에서도 참으로 척박한 시골 생활의 힘겨움에서도 나를 지탱하고 일으켜 세우는 그 힘은 무엇일까. 내 춥고 긴 겨울날들, 끊임없이 내 가슴속에 흐르는 서늘한 이 가슴 저림의 정체는 도대체 무엇이던가. 어쩌지 못하는 내 인생의 무게를 견디며 매번 다시 시작하는 그런 세월 속에서 문학이란 이름으로 나를 일으켜 세운 자존심의 세월을 생각한다.

눈 두는 곳 어디든 푸르름이 있고 끝없이 이어지는 광활한, 모심기가 끝난 우리의 생명줄인 바둑판 같은 논 위를 유유히 사선으로 나는 한 마리 흰 새의 비상을 보면서 시골 생활의 평화를 느껴보기도 한다. 무시로 자라는 풀 냄새와 흐드러지게 피어 있는 들꽃 냄새와 시도 때도 없이 지나다니는 바람 냄새를 맡으면서 시골생활의 정겨움에 젖기도 한다.

잎새에 머물고 꽃잎을 흔들고 가는 한 줌의 바람이 내 마음속 깊은 곳에 미세한 파문을 일으키는 그 떨림을 표현하고 싶어 난 책을 읽는다. 내 떳떳한 노동의 대가로 얻은 지폐로 당당하게 읽고 싶은 책을 고른다. 그 책 속에는 비껴간 색깔 다른 사랑이 있고, 사람 사는 방법이 있고, 내가 부르는 노래가 있고, 나의 몸짓이 있고, 갈증을 축여줄 눈물 많은 시도 있다.

나는 나에게 수도 없이 편지글을 쓴다. 그런 내 일방적인 행위들은 수취인 거절이란 이름으로 되돌아오지 않는 내 분신을 사랑하고 끌어안고, 때로는 일방적인 행위 그 자체로 때로는 상처를 받기도 한다. 그 작업은 너무 힘들어 밀쳐두다가도 또다시 오랜 지병처럼 그 작업을 되풀이한다.

여고 시절에는 시험 날짜 발표만 나면 좋은 시들을 옮겨 적은 내 시집을 밤을 새워 다시 만드는 작업을 되풀이하곤 했다. 시험 날짜 발표만 나면 왜 그 일을 시작했는지 지금도 알 수 없지만 그 것이 내가 살아가는 이유라도 되듯이 그 작업을 되풀이하면서 사춘기 시절을 건강하게 견뎌낸 것 같다.

　나만의 시집을 만드는 작업에는 고단한 삶의 항변이 있고 위로가 있다. 내 무미건조한 삶에 그 행위는 여름날 장대비 같은 시원함을, 더운 날 코카콜라 같은 상쾌함을 준다. 책과 음악과 노래와 시와 그리고 당신과 나와 열린 마음으로 당신을 통한 마음으로 세상을 본다. 밝음과 맑음의 세상을 본다.

　몸살처럼 평생을 내 안에 들끓는 문학에 대한 열정을 다스리면서 살아가리라 생각한다. 다시 축제처럼 문학과 함께 힘든 내 노동의 생활을 살고자 한다. 그 문학 안에서 두 팔 벌려 누워 노래하고 싶다. 그 이상 무엇이 더 필요한가. 우리가 살아 숨을 쉬는 이 조용한 행복, 고단한 삶에 느껴보는 사치라고 해두자. 인생이란 긴 여정에 동반자라고 해두자. 청산과의 거리가 너무나 멀어 절뚝거리며 혼자 하는 문학이 나를 행복하게 한다. 혼자 하는 문학일지라도 세상을 향해 열린 마음으로 따뜻한 시선으로 머물고 싶다.

　이곳 문예진흥원 푸른 유월의 따뜻한 햇볕 속에서 감미롭고도 쓸쓸한 시간 속에서 다시 살아갈 뜨거운 정열을 느껴본다. 문학의 향기에 푹 파묻혀 사람은 무엇으로 사는가를 생각해 본다. 무엇이 나를 행복하게 하는지를 생각해 본다. 무엇이 나를 가슴 설레게 하는지를 생각해 본다. 무엇이 지금 내 가슴을 따뜻하게 덥혀주는지를 생각해 본다.

사람은 무엇으로 사는가. 오늘 이곳에서 그 화두 한 자락을 잡은 느낌이 든다. — 1996년 6월 4일. 제33회 마로니에 전국주부백일장 입상

# 고추모종 하는 날

가끔은 정장 차림으로 외출해야 하는데 난감하다. 봄볕에 얼굴이 원주민처럼 새까맣게 타버렸다. 아랫집 아저씨가 초봄부터 새까매져서 다니는 걸 보며 그 아내더러 "추장 맏아들 같은데요"라며 우스갯소리를 해주곤 했는데, 이제 내가 그런 소릴 듣게 됐다. 썬크림을 발라봤지만 흐르는 땀 때문에 부질없었다. 포기하기엔 내가 너무 젊고, 희망을 걸기엔 내가 발을 붙이고 있는 이 땅이 너무나 척박하고 황량하다. 하지만 내가 알지 못하는 신께서는 한쪽을 닫아두면 반드시 다른 한쪽은 열어둔다고 했다. 아마도 다른 한쪽을 열어두면서 스스로 그길로 찾아 걸어갈 수 있는지 지혜를 시험하고 있을 것이라는 생각을 해본다.

고추모종 하는 날, 비가 여러 번 와서 흙이 단단하게 뭉쳐지고 금방 또 메말라져 버렸다. 품앗이를 온 이웃집 아줌마 둘이 연약한 고추모종을 척박한 땅에 꽂으면서 킬킬 웃었다. 내 얘길 하는 것 같아서 무슨 얘기냐고 반문했다. 시어머니와 남편이 들릴 만큼 큰 소리로 "고추모종이, 쥔 여자처럼 시집을 잘못 와서 한참 적응하느라 꽤나 애를 먹겠다"라고 했다.

고추모종을 끝내고 남양에서 볼일을 보고 오면서 마을로 이어지는 소로(小路)를 택했다. 마음이 유쾌할 때나 마음 둘 곳 없어 우울할 때 곧잘 이 길을 택한다. 수령을 알 수 없는 길옆 아카시이 숲이 때 아닌 폭설 속에 갇혀버린 듯하여 잠시 혼란스러웠다. 착란에 빠뜨렸던 아카시아 꽃잎이 와와 벌들을 불러대고 있었나. 꿀을 채집하는 양봉 아저씨 역시 공짜로 꿀을 얻기 위해 단층 아파트를 수십 채 지어놓고 횡재에 부풀어 있었다. 소로 옆으로는 지천으로 피어 있는 애기똥풀꽃, 하얀 찔레꽃. 아! 신의 정원을 송두리째 가슴에 들여놓고 너무나 벅차서 그 풍경을 즐기고 싶어 달팽이처럼 느릿느릿 걸음을 옮겼다.

고추모종으로 심신이 피곤했지만 내 일상을 뒤돌아보면서 지치지 않음은 아마도 완벽한 식물의 아름다움을 보는 안목으로 자연에 취했기에 가능한 것 같다. 사람에게 식물만큼 위안을 주는 것도 없다고 한다. 완벽하게 아름다운 세계가 바로 식물이고 자연이다. 오늘은 자연으로 하여 충분한 위안을 받은 날이었다.

# 감자농사

우리 밭의 근거리에서는 지금 5,000세대의 아파트 공사가 진행 중이다. 그 바람에 1,080평쯤 되는 땅이 도로로 편입되어 절반으로 줄었다. 기존에 있던 38번 국도의 반대편으로 아파트로 진입이 수월한 곳은 새 도로가 생기면서 밭머리와 그 반대편 양쪽으로 길이 생겼다. 새로 생기는 도로는 4차선의 널찍한 도로가 만들어진다. 남한강과 북한강의 물이 합해져서 두물머리가 되었듯이 우리 밭의 옆구리에서 두 길이 합해져 서울 쪽으로 가는 4차선 도로에 교차로가 만들어진다. 앞으로 차 구경은 눈이 아플 만큼 하게 생겼다.

절반만 남게 된 그 밭에 올해는 감자를 심어볼 생각이었다. 그런데 요즘 비가 자주 와서 당장은 밭이 질었다. 이런 상태를 '밭 감이 안 난다'고 한다. 밭 감이 안 날 때 심으면 수확을 기대할 수 없다. 하지만 때가 아니라고 해서 자꾸 미룰 수 없었다. 감자 심을 적기를 놓치면 올 한 해를 그냥 지나게 된다. 외출에서 서둘러 돌아오니 남편은 친구들과 합심하여 감자 심을 이랑에 비닐을 씌워두었다. 다음 날은 비닐 덮인 두둑 위에 적당한 간격으로 구멍을 내고, 알맞은 크기로 잘라둔 씨감자를 그 구멍마다 투하한다. 한참 정신없이 감자를 심고 있는데, 어제 함께 일한 친구의 트럭이 바쁘게 도착한다. 허리가 부실한 그 친구는 감자를 넣은 그 구멍에 흙이라도 넣어줄 생각으로 온 것이다. 서서 하는 일이라서 그 일은 해줄 수 있다고 했다. 얼마 뒤, 밭머리에 또 다른 한 대의 트럭이 도착한다. 친구가 다른 친구에게 도움을 청한 거였다. 우리 감자밭에 남자 셋이 모였다. 오지 못한 한 친구는 자신의 감자밭 비닐을 씌우는 중이다. 밭 감이 나지 않는다는 핑계로 시간을 흘려보내던 그곳이 어느새 남자들의 집결지가 되었다. 나는 그 갑작스런 변화의 의미를 뒤늦게 알아차렸다. 술을 즐기는 친구 넷은 생전 처음으로 마누라를 여행 가방처럼 달고서 울릉도엘 간다고 했다.

술을 즐기는 남자들과 동행하는 일이 염려스러웠다. 아마도 그 마누라들도 나와 똑같은 걱정을 했을 것이다. 친분이 없는 여자들은 남자의 인연으로 함께 모여 여행을 가게 되었다. 한 친구는 결국 비닐만 씌워두고 울릉도엘 다녀와서 감자를 심기로 했다. 우여곡절 끝에 3월 26일 강릉에 도착했다. 바닷가에 왔으니 첫 식사는 횟집으로 갔다. 안주가 좋아 술친구들은 아주 유쾌해졌다. 술잔이 빠르게 돌아간다. 나는 슬그머니 자리에서 일어나서 강릉 밤바다 투어에 나섰다. 강릉 안목 카페거리를 돌아보는데

차바퀴의 크기가 엄청나다. 아마도 해변을 한 바퀴 돌아오는 차의 용도 같았다. 그 주변에서 씽씽카를 타고 있는 어린 남자를 만났는데 난 자꾸 물어본다. 넌, 몇 살이야? 일곱 살이라고 했다. 난 수원에서 왔지. 넌 수원이 이곳에서 얼마나 멀리 있는 곳인지 아니? 꼬마는 "헐" 하고 말을 받는다. 외계인처럼 우리는 불통이다. 그 꼬마는 요즘 배운 말을 아주 근사하고 멋진 말이라고 생각하고 쓰는 듯했다. 철썩이는 밤바다를 배경으로 기타를 치면서 노래하는 젊은 남자의 아름다움에 취해 관객으로 잠시 있다가 자리를 털고 일어난다. 암울한 코로나 시대를 건너오면서 오랜만에 맛보는 여행의 기분은 이만하면 괜찮다.

희뿌연 이른 새벽에 첫 배를 타기 위해 우리 일행은 부산스러웠다. 이렇게 울릉도로 들어가기는 처음이었다. 몇 년 전에는 후포에 사는 친구 집에서 하룻밤을 자고 울릉도엘 들어갔다. 그때는 파도가 심해서 죽도와 독도를 가지 못해 아쉬웠다. 큰 배가 일엽편주로 망망대해에서 불안하게 흔들거렸다. 이번 바다는 아주 얌전했다. 버스를 타고 고속도로를 달리는 그런 기분이 들었다. 강릉에서 2시간 30분이면 울릉도에 도착한다. 여전한 모습으로 울릉도는 여행객으로 술렁술렁거렸다. 자신을 찾아온 여행객을 찾는 가이드들이 바쁜 걸음으로 종횡무진 활기차다. 핸드폰 소리도 유쾌하게 어디어디로 올라오라고 접선을 시도하는 중이다. 울릉도 여행이 시작되는 관문을 통과한다. 우리를 담당하는 가이드가 보조 가이드와 함께 나왔다. 우리의 일행인 네 남자보다 젊고 멋졌다. 울릉도야 바다를 옆구리에 꿰차고 한 바퀴 돌아보면서 산 위로 올라갔다 내려오면 끝이다. 더 이상 갈 곳이 없다. 그래서 이곳은 도둑이 없단다. 더 이상 도망갈 곳이 없다는 것이다. 저번 여행에서 들었던 여행지의 안내를 다시 되풀이 들어야만 했다.

 나는 여행을 떠나오면서 나름대로 작정을 한 것이 있었다. 한번 다녀온 울릉도라 그리 새로울 게 없으니, 이번에는 사람에게 집중하는 여행을 해보고 싶었다. 그런데 나의 여행계획은 바로 물거품이 되어버렸다. 남자들이 아주 자연스럽게 모여 마시던 술 습관을 장소만 울릉도로 옮겨간 셈이었다. 남자들끼리 뭉쳐서 술을 더 마시고 들어오기도 한다. 마누라 넷은 어디까지 이 남자들을 너그럽게 봐줘야 할지 난감해지기 시작했다. 전전긍긍 눈치만 살피다가 마누라 넷은 동지애가 발동해서 한 편을 먹기 시작했다. 파도 때문에 가지 못했던 죽도와 독도 방문도 할 수 있었던 행운도 있었지만 속상함을 상쇄할 만큼은 되지 못했다. 그랬음에도 울릉도에서 2박 일정은 마파람에 게눈 감추듯이 지나갔다. 다시 강릉으로 돌아와서 늦은 점심을 먹는 그 사이에 비봉에서 12인승 봉고차가 시간 맞추어 도착했다.

 돌아오는 차 속에서 대표 격인 친구가 기대에 차서 말문을 열었다. 다음에는 마누라들을 비행기를 태워주겠다고 약속한다. 일단 돌아가면서 여행 소감을 말해달라고 했다. 내가 말을 제대로 해야겠다고 생각했다. 일단은 다음 여행지의 비행기는 타지 않겠노

라는 선언했다. 마누라 넷에 대한 배려는 전혀 하지 않고 여행 내
내 술만 즐겼던 남자들에 대한 성토를 시작했다. 다음 여자도, 다
음 여자도 돌아가면서, 그 비행기를 타지 않겠다고 볼멘소리를
이어갔다. 대표 격인 친구가 마이크를 옮겨 받아 결론을 냈다. 다
음 여행은 술은 마시지 않고 여행에만 집중하는 그런 여행을 준
비하겠다고 숙연한 분위기를 마무리하고 떠났던 장소로 돌아왔
다. 밤 9시, 술 마시는 남자와의 첫 여행은 좌충우돌 끝에 막을
내렸다. 각자 현대인의 삶은 복잡하고 바쁘게 지나갔다. 남자들
은 예전처럼 만났다 흩어졌다를 반복하고 살았다. 그랬음에도 불
구하고 확실하게 친밀한 감정이 생겼다. 삼박사일의 불협화음도
필요한 과정인 듯했다. 나는 예전보다 남편 친구의 안부를 자주
묻곤 한다.

  6월 26일 월요일부터 제주에서 전국으로 동시에 장마가 시작
된다는 예고가 TV에서 연일 흘러나온다. 많은 비가 내린다고 한
다. 그 전에 감자 수확을 해야 한다. 3월 24일에 감자를 심었으니
정확히 3개월 만에 감자를 수확하는 것이다. 여행 대표 격인 친
구의 감자밭도 급하기는 마찬가지였다. 흙을 덮어주러 왔던 그
친구가 다시 감자 수확하는 밭에 부르지도 않았는데 소문을 듣고
달려왔다. 왜 하필 같은 날에 감자를 캐느냐고 야단이다. 할 수
없는 일이다. 수요일에 비가 많이 내렸으니 다음 비가 올 것이라
는 날씨 예고 중간으로 적당한 날이 토요일밖에 없는 것이다. 그
친구는 마누라는 우리 밭에 데려다 놓고 다른 친구의 감자밭으로

각자 흩어졌다.

서울에서 어제 오후부터 내려온 언니와 우리 사위와 막내아들과 남편과 내가 우선 감자밭에 모였다. 내가 연락한 사람 넷은 해가 중천에도 도착하지 못했다. 아무래도 신뢰에 문제가 있다는 내 말에 한바탕 웃었다. 마침 예전에 함께 목장을 했던 사람이 감자 두 박스를 사러 왔다가 아예 감자 수확이 끝날 때까지 일을 거들어주었다. 날씨는 점점 더워지고 힘들어질 때 서울에서 시누이 부부가 도착해서 힘을 받았다. 수원 사는 친구는 날짜가 아리송해서 주춤거리다가 점심 후에야 도착했다. 결국 아홉 명이 모여서 감자 수확을 하게 되었다.

한 사람은 예치기로 감자순을 자르고 지나가면 한 사람은 검은 비닐을 걷는다. 검은 비닐 걷어낸 감자 이랑을 150만 원을 주고 산 기계를 경운기에 달고 남편이 덜덜덜 금속음을 내면서 지나가면 땅속의 감자가 세상 밖으로 올라온다. 그러면 여자들은 작은 것을 제외한 감자를 '수원원예조합'에서 미리 가져다 둔 큰 대형 백에다 넣게 된다. 감자를 심은 긴 줄이 그렇게 30줄이었다. 서울에서 포실하게 살던 언니는 점점 앉아 있는 허수아비를 닮아간다. 서울로 돌아가면 언니는 며칠 몸살을 앓게 될 것이다. 오후 늦게야 큰 백 여섯 개를 채웠다. 친구 감자밭으로 갔던 남자가 마누라를 데리러 돌아왔다. 우리 밭의 2배인 1,000평의 감자밭에서 여섯 개의 큰 백을 채웠다고 한다. 감자 수확에 도움을 준 소중한 인연들은 고생한 만큼을 뒷 트렁크에 담아서 하나둘 감자밭을 떠났다. 고생은 했어도 수확은 재미있었다.

　값이 좋든 그렇지 않든 내년에도 감자농사를 시작할 것이다. 농부의 할 일은 끊임없이 적기에 씨앗을 심는 일을 한다. 그리고 수확의 보람을 찾는 일을 계속한다. 씨앗이 스스로 하는 일이 있고 농부는 그 씨앗이 스스로 해야 하는 위대한 일을 돕는 조력자 역할을 해야 한다. 생명 존중의 정신과 농사짓는 그 일은 같은 정신 활동이라고 생각된다. 나도 땅속의 감자처럼 스스로 위대한 일을 하는 중일 것이다. 이제, 그런 세월 속에서 싫든 좋든 선택의 여지 없이 숙연하게 인생의 겨울도 준비할 때가 되었다. ─2023년 봄

# 양파 같은 사람

그해 겨울이 시작되고 있었다. 집집마다 김장 전에 마늘을 심었다. 이웃집도 논 옆 자투리땅을 텃밭으로 만들어 그해 처음으로 마늘을 심었다. 계절 변화에 따른 당연한 일이었다.

문제는 그 마늘을 심어 놓은 밭 옆에 자라다만 푸른 푸성귀가 아직은 푸르게푸르게 살아 생명의 물을 퍼 올리고 있었고, 그 푸성귀를 우리 집 소들이 노리고 있었다는 사실이다. 호시탐탐 밖으로 탈출을 꿈꾸는 말썽꾸러기 소 하나가 빗장을 풀었고, 그 뒤를 몇 마리가 따라 나갔다. 소들의 목적지는 바로 푸성귀 밭. 순식간의 일이었다. 푸성귀 밭을 헤집는 과정에서 마늘밭에 공룡 발자국 같은 웅덩이를 만들어놓았다.

그 다음날 바로 아랫집 소들 역시 구미가 당기기 시작했다. 인간들의 허술한 틈 방심한 틈을 놓치지 않고 그 집 소 몇 마리도 위험한 탈출에 성공했다. 그 공룡 발자국 옆에 또 다른 웅덩이를 만들어 놓았다. 또 다음날에 옆집 소들이 냅다 뛰쳐나왔다. 새마을지도자 부부 모임에 가서 그 집 큰아들이 목장 관리를 하던 날에 운 나쁘게 덩치 큰 소들이 또 마늘밭을 밟았으니 완전히 폭격을 맞은 것 같았다.

세 집이 함께 마늘을 공동으로 심게 되어서 그나마 위로가 된다고 두 집 여자는 은근히 속으로 좋아했다. 세 집 여자들은 마늘밭 주인에게 정중하게 사과를 하고 한겨울에 따뜻한 날을 잡아서 감자 캐듯이 마늘 캐기에 돌입했다. 그 사이에 건강하게 하얀 뿌리가 많이도 나 있었다. 다시 구멍 뚫린 새 비닐을 깔고서 캔 마늘을 다시 심기 시작했다.

그 해 겨울 사건은 지방 신문에 날 일이었다. 세 집 소들이 하루씩 번갈아 여러 방법으로 탈출에 성공했고 같은 장소에서 사고를 쳤으니 생각할수록 특별한 사건이었다. 세 여자는 한겨울 함께 모여서 점심으로 짜장면을 배달시켜 먹으면서 팔자에도 없는 마늘을 심었지만 그렇게 불행하지만은 않다고 군중심리에 대한 이야기를 했다.

세 여자는 다음 해를 넘기고도 시간이 흘러 따뜻한 봄이 되어도 자라지 않는 마늘밭을 봐야만 했다. 그것은 불행한 일이었다. 그 마늘밭은 깊은 겨울잠에서 깨어 날 줄을 몰랐다. 그 마늘밭은 마을 사람들이 오며 가며 마주치는 곳이라서 참으로 난처했다. 마늘 수확할 계절에도 그 마늘밭은 그대로 침묵을 지키고 있었다. 세 여자는 일 년 먹을 그 집 마늘을 책임져야 하나 복잡해졌다 .

마늘밭 옆 양파는 소가 밟지를 않아 처음 그대로의 상태를 보존했다. 그런데 마늘과 마찬가지로 그 양파 밭도 시간의 흐름을 읽지 못했다. 주인도 세 여자도 결론을 내렸다. 처음 마늘과 양파를 심어본 그 텃밭은 무엇을 심어 싹을 틔워 그것을 키워 내기엔 부적합한 토양이었던 것이다.

아, 그러고 보니 양파 같은 사람이 생각났다. 내가 어려움에 곤란을 겪을 것 같아 바쁜 시간에도 불구하고 내 옆에 있어준 양파 같은 사람이었다.

수원에서 급한 볼 일을 마치고 토요일 저녁 막내아들을 태워서 비봉으로 오던 중에 빨간 신호등에 멈추어 섰다. 그러자마자 심한 충격에 정신을 잃을 뻔했다. 뒤차가 급제동을 하면서 내 차를 추돌한 것이다. 처음 겪은 일이라서 혹시 내가 원인 제공을 한 것인가 하고 놀랐다. 갓길에 차를 세우고 차의 상태를 보니 심각할 정도는 아니어서 서로 머뭇거리고만 있었다. 뒤차는 라이트가 깨진 정도였고 내 차는 칠이 벗겨지고 좀 찌그러졌다. 그 아저씨도 내 처분만 기다리고 머뭇머뭇 시간만 끌고 있었다. 그때 한참을 우리 사정을 살피고 계시던 택시기사가 내 차를 받은 아저씨한테 화를 내면서 책임 소재를 분명히 해주었고, 나더러 빨리 병원에 가서 진단서를 끊고 가족을 급히 부르라고 일렀다.

막내아들은 나중 일을 생각해서 뒤 차량번호를 적어 두었다. 나는 우리 아들만도 못했다. 나는 그리 심각한 것 같지는 않으니 서로 갈 길을 가자고 했다. 그 기사 아저씨는 내가 얼마나 바보 같고 답답했을까. 똑같은 일이 반복된다고 해도 나는 마찬가지로 일을 처리할 것 같다. 그러면서 혼자 속으로만 내가 피치 못할 사정으로 가벼운 가해자가 되었을 때 이런 작은 배려를 되돌려 받을 수만 있다면 헌혈하는 기분처럼 생각해 보자고 위안을 삼았다. 아들 앞에서 엄마는 왜 이렇게 사회성이 없을까를 들켜버린 것 같아 편치는 않았다.

그 택시 기사 아저씨는 바쁜 영업시간 중에 어리석은 한 여자가 잘못도 없이 뒤차에 덤터기를 쓰지 않을까 하고 옆에서 지켜보았다. 그러다 뒤 차 아저씨의 묘한 분위기 연출에 결국 화를 내고 말았다. "아저씨! 오늘 당신 사람 잘 만나서 운수 대통한 줄이나 아시오!" 화를 내면서 훌쩍 사라지고 나는 내 편을 들어준 사람에게 인사도 제대로 못했다.

남편은 아직 그날 있었던 일을 모른다. 나는 그날의 충격이 후유증으로 남아 내가 처리한 일에 후회를 남기는 일이 생기지 않을까 혼자서 걱정했다. 가끔 힘든 일이 있을 때마다 택시기사 아저씨의 따뜻한 마음 씀씀이를 떠올리곤 했다. 누군가 따뜻한 마음으로 지켜봐 준다는 것은 얼마나 가슴 따뜻한 일인가. 아, 그래. 바로 그 아저씨가 양파 같은 사람일지도 모른다는 생각이 들었다.


그 다음해 문제의 마늘밭은 다른 곳으로 옮겨졌고 크고 튼튼한 마늘을 키워냈다. 세 여자는 난처했던 그해 겨울을 얘기하면서 먼 추억처럼 웃기도 한다. 보이는 것만으로 그 이면의 진실이 가려져 억울한 피해자가 참 많을 것 같은 생각에 마음이 답답해질 때도 있다.

그 후 오래도록 소들의 반란은 잠잠했다. 올해도 이 동네 마늘

밭은 지금 겨울잠에서 안전하고 집집마다 소의 빗장은 튼튼하게
잠겨 있지만, 아직은 모를 일이다.

# 도루묵

그 좋은 날은 유유자적하다가 날씨가 곤두박질친다는 일기예보 때문에 오후 5시쯤에야 허겁지겁 방앗간에서 도토리를 갈아 왔다. 늦은 저녁에서야 자루에 담아서 몇 시간을 치대어서 마련한 내용물을 큰 고무통에 한가득 담아 목욕탕 구석에다 두었다. 그런데 시간이 지나도 가라앉지 않고 도토리 가루의 뿌연 물 그대로 처음의 상태를 유지하고만 있었다. 지금까지의 내 경험으로는 시간차를 두고서 점점 맑아져야 했다. 잘못될 만한 근거를 찾기 위해 생각을 해봤지만 오리무중이었다. 다음 날 아침, 방앗간에서 만나기로 한 약속 때문에 복잡한 생각을 접고 길을 나섰다. 밤새 첫눈이 소담스럽게 내려 겨울 운치를 더했다.

유실수는 해거리를 한다. 한 해 열매가 많이 열리면 그 다음 해에는 부실하다는 것이다. 그래서였는지 작년에는 도토리가 엄청나게 떨어졌다. 남편과 가을 산에 올라 근거리에서 도토리 줍는 일에만 몰두했다. 다람쥐의 양식으로도 충분했고 내 몫도 충분했다. 시부모님 산소가 있는 얕은 뒷산을 오르면 도토리 숲을 만나게 된다. 그 숲을 오르는 비탈진 밭에서는 들깨꽃이 하얗게 소금꽃처럼 땅을 덮고 있었다. 툭툭 어디선가 알밤 떨어지는 소리가 들리기도 했다. 알밤 떨어지는 소리 그치면 도토리가 익기 시작한다. 한철, 도토리 줍기는 생각보다 재미있었다. 뱀을 만나지 않는다면 가을 산은 언제든 좋았다.

정적만이 흐르던 가을 숲에 어디선가 소리가 들려오기 시작했다. 두두두두, 두두두두, 그 소리의 근원지는 어디였을까? 태초에 소리가 생겼을 때부터 소리는 땅속 깊이 무늬처럼 새겨져 있었을까? 신화처럼 푸른빛으로 새겨진 무늬는 때를 기다렸던 것일까? 가을 숲에서 갑자기 소나기처럼 소리가 쏟아지기 시작했다. 내 생애에 단 한 번 들었던 그 소리는 오래 지속되지 않았다. 한꺼번에 쏟아지던 도토리의 낙법은 어떤 악기로도 대신할 수 없는 강렬한 난타였다. 그리고 그 소리는 멈추었다. 환청처럼 들려오던 소리는 어디로 떠난 것일까? 남은 생애에 다시는 그 소리는 들을 수 없을 것이다. 그 소리의 여운은 두두두두, 북소리처럼 내 심장에 그대로 남아 그해의 가을 숲을 읽기에 충분했다.

그해는 어림잡아 100kg쯤 되는 도토리를 수확해서 집에서 자동차로 40분쯤 걸리는 먼 지역으로 이동했다. 큰 기계가 있는 서신 방앗간에서 원심력으로 뽑아낸 내용물을 가져와서 푸짐하게 가루로 말렸다. 오목천아파트로 옮겨 살던 그해 겨울은 푸지게 도토리묵을 쑤어서 솜씨 자랑에 겨울해까지 짧았다.

올겨울은 새로 만든 도토리 가루로 이 세상에서 제일 맛있는 도토리묵을 만들어서 작년의 영광을 재현하자고 꿈을 야무지게도 꾸었다. 아침에도 가라앉지 않는 문제의 도토리 이야기를 하면서 오지랖이 넓은 나는 자루를 빌려준다는 것이었고 선희 씨는 좋다고 했다. 첫눈 내린 날에 수원에서 자동차로 20분쯤 달려온 선희 씨와 야목방앗간에서 만났다. 도토리를 분쇄한 내용물을 싣고 근처에서 추어탕을 먹는 일도 좋았다. 우리는 첫눈 내린 야목사거리에서 각자의 길로 헤어졌다.

선희 씨도 나와 같은 절차를 밟아서 목욕탕 구석에서 도토리 앙금 앉히는 일을 했다고 했다. 우리는 도토리 앙금이 가라앉지 않고 뿌연 갈색 톤으로 부유하는 결과물에 대해 당혹스러웠다. 도토리가 상했을 때나 날씨가 너무 덥거나 너무 추울 때는 도토리 앙금이 가라앉지 않는다는 이야기는 들어서 알고 있었다. 선희 씨와 내가 준비한 내용물이 뿌연 상태를 지속한다는 것은 뭔가 잘못되었다는 것이 분명했다.

불길함은 항상 적중한다. "명주 씨, 혹시 빌려준 자루가 엿기름을 넣고 사용한 자루였을까?" 묻는 선희 씨의 전화에 본능적으로 그 자루가 문제가 되었을 것이라는 생각이 번개처럼 지나갔다. 나는 엿기름을 사용하던 자루가 그 역할을 했다는 말로 들려왔다. 물론 나는 그런 말을 들어본 적은 없었다. 시간이 흘러도 도 대체 변화가 없는 도토리 앙금을 이야기하던 부부는 옛날 어머니가 하던 말씀이 생각났다고 했다. 그 자루를 사용하면 그 어떤 것도 삭게 한다는 것이다. 아뿔싸, 두 집이 동시에 헛일을 하고 말았다. 내 것은 할 수 없다 쳐도 선희 씨 도토리까지 망쳤으니 유구무언이다. 그래도 미련이 남아서 며칠을 더 버텨보다가, 팔이 아프도록 치댄 내용물을 수챗구멍으로 쏟아버렸다. 첫눈 내린 그 아름답던 하루가 갑자기 빛을 잃고서 흑백사진으로 멀어져갔다.

서울에 사는 언니와 만난 하루, 도토리껍질을 까면서 보리쌀 고추장을 함께 담았다. 언니 몫은 우리 집 마당에서 겨울을 나는 것으로 했다. 봄에 서울로 옮겨갈 때면 제법 숙성돼 있을 것이다. 내가 어느 날 고추장 담은 얘기를 무심코 한 적이 있었다. 선희 씨는 내가 자루를 빌려준다고 했을 때 혹시 고추장을 담을 때 사용하던 그 자루인가 물어본다는 것을 생각만 하고 이내 잊어버렸다고 했다. 그때, 선희 씨가 물어만 봤어도 한 사람만이라도 성공했을 것이다. 그러면서 시어머니께 들은 이야기를 전했다. 엿기름을 넣고 사용한 자루는 비닐봉지에 꼭 싸둬야 한다고 했다. 멀쩡한 자루 옆에 있어도 그 멀쩡한 자루까지 위험하다고 했다. 모든 것을 삭히고 마는 엿기름의 그 대단한 위력을 우리는 깊이 생각하지 않았다. 나이가 들어서 자꾸만 놓치는 것이 많아진다는 얘기를 하면서 우리는 헛웃음만 흘리고 말았다. 아, 모든 수고가 도루묵이 돼버렸다.

결과물을 얻기 위해 부지런히 움직였던 겨울날의 이야기가 흑백사진으로 남게 된 그날을 우리는 오래도록 이야기할 것이다. 혹독한 대가를 치르고서야, 살아온 날이 많음에도 불구하고 우리가 알지 못하는 것이 얼마나 많은지 생각하게 되었다. 실패한 요인을 알았으니 이제 성공할 일만 남았다. 흑백사진은 그대로 두고서 두두두두, 도토리 쏟아지는 가을 숲에 들어가 봐야겠다.

— 2023년 겨울날

# 생(生)에 감사(Gracias A La Vida)

그런 절대음감을 가진 사람이 무지무지 부럽다. 악기를 다루는 것은 하나의 기능이라고 하지만 아무리 연습을 해도 목표한 지점에 다다를 수 없는 그 한계점이 있다. 더 이상 나무를 키울 수 없는 높이처럼 수목한계선이 가로막혀 있는 것이다. 아무리 애를 써봐야 태생적으로 그 분야에선 불구인 듯하다. 그럼에도 포기하지 않고 그 모임의 일원으로 말석의 자리를 버티고 있는 나를 점검해 본다. 긴 세월을 포기하지 않은 의지만은 별처럼 빛난다. 계속해야 할까? 여전히 갈등은 계속된다.

오래전에 문학반에서 만난 사람들이 모여 카리스마가 작열하는 할머니 선생을 모시고 처음 기타를 배우게 되었다. 그 멤버들은 다 어디로 갔는지 결국은 나 혼자 남아서 갈등하고 있다. 내가 살고 있는 화성 지역에서 수원으로 기타를 배우겠다고 달리며 날려버린 자동차 기름값만 해도 만만찮을 것이다.

시간이 한참 흐른 뒤 '수원기타오케스트라'에 입문하게 되었다. 한 해의 연주회를 위해 손끝마다 군살이 생길 정도로 연습을 해도 매번 실력은 제자리걸음이다. 재능이 없음을 알고 빨리 포기하는 것이 세상사는 지름길인지도 모를 일이다. 그럼에도 불구하고 수필 쓰는 일과 기타 치는 일, 두 가지를 붙잡고 끙끙대며 몸살을 앓고 있다.

　그 수많은 악보를 위해 고군분투했던 시간과 글을 쓰고자 밤새워 읽어낸 빛나는 문장들이 이미 나를 충분히 살게 하지 않았을까? 나를 존재하게 하는 그 이름들을 얻고 싶어서 쳐다본 목표지점이 아득하다 할지라도 얻어지지 않은 것에 불행해질 필요가 있을까? 하늘의 별처럼 도달점이 높다면 그대로의 가치는 있을 것이다. 하늘의 별을 따는 기분으로 한 걸음 올라가다 보면 결국 그 목표지점에 가까워질 것이다. 기타 치는 일과 수필 쓰는 일이 하늘의 별처럼 아득하고 막막하지만 그 일을 손에서 놓는다면 행복할까? 안 되는 일을 붙잡고 끙끙대면서 살아가고 있다고 해서 불행한 일일까? 분명 단언컨대 그 애쓰는 과정은 이미 나를 살게 하는 힘이었을 것이다. 몸살을 앓을지라도 제 자리를 지키면서 살아있는 것을 보면 그것이 증명된다. 삶의 중간중간 이만하면 충분하다는 포만감을 얻을 때가 있다. 수필 한 편 잘 마무리할 때도 그러하고 매년 11월에 연주회를 끝내고 났을 때도 그러했다.

　코로나 시국이 아니었으면 기타 연주반의 실력도 일취월장했을 것이다. 따라서 개인적으로 내 실력도 좀 더 나아졌을 것 같은 아쉬움이 남는다. 작년에 11월의 연주회를 며칠 앞두고서 결국은 아쉽게도 모두 원위치로 돌아갔다. 2021년 다시 의기투합하여 유월부터 본격적으로 연습을 시작했다. 게릴라 작전처럼 사회적 거리두기의 강도에 따라서 모이고 흩어지기를 반복했다. 오랫동안의 멈춤에서 유감스럽게도 인원이 회복되지 않았다. 코로나 시국은 믿고 의지했던 단원이 어느 날 홀연히 사라지고 돌아오지 않은, 단절의 막막함을 쓰나미처럼 부려놓았다. 모든 여건이 충족되지 않음으로 하여 불협화음은 계속되었다.

그렇지만 삶은 계속 진행형이다. 부족한 인원으로 마스크를 착용하고 토요일마다 네 시간을 꼬박 연습한다. 아름다운 기타 선율과 하모니로 '생에 감사(Gracias A La Vida)'라는 타이틀곡으로 연주회의 막을 올려야 한다. 수원 SK아트리움 소공연장에서 오랫동안 기다려 온 관객을 위해 어려운 여건 속에서도 묵묵히 견뎌온 시간을 연주해야 한다. 우리는 희망을 연주해야 한다. 그동안 수없이 반복했던 클래식 10곡을 준비했다. 'Tiger in the Night', 'Valse', 'La Califfa', 'My Heart Will Go On', 'Liber Tango', 'Malaguena', 'Oblivion', 'Traveler of Wind', 'Gracias A La Vida' 그리고 앵콜곡으로 'Over The Rainbow' 였다.

매년 초대한 지인들을 올해도 초대할 수 있을지 조심스럽다. 우리 가족 모두는 의무적으로 참석한다. 가족의 한 사람이 그 자리에 있기까지 쉽지 않았음을 꼭 확인하고 수고의 결과물을 꼭 봐줘야 한다는 게 내 지론이었다. 그건 가족에 대한 기본 예의라고 못을 박아두었다. 그래서 우리 가족은 연례행사처럼 꽃다발을 준비해서 의무적으로 클래식기타 연주회에 참석한다.

올해는 처음으로 무료 공연으로 좌석을 채울 예정이다. 생에 감사함을 담은 특별한 공연이 될 것이다. 코로나 시국에서 황폐하고 불안한 마음들이 잠시나마 무장 해제되고 위로받는 시간이었으면 한다. 꿈결처럼 흐르다가 속삭임으로 다가오는 클래식 연주를 들으면서 희망의 시간이 되었으면 한다. 모두에게 위로가 필요한 시간이다. 관객과 함께 호흡하며 감동을 주기 위해서는 아직 남은 한 달간의 시간을 수없이 맞춰보며 연습해야 한다. 연주회 날은 지금까지 닦아온 기량을 후회 없이 보여줘야 한다. 그날 하루 우리는 프로처럼 당당해야 한다. 그날 하루 우리는 물결처럼 유장하게 흘러야 한다. 때론 폭포처럼 장엄하게 때론 봄바람처럼 달콤하게 속삭여야 한다. 그날 모두의 가슴에 '생에 감사한 날'이 되면 우리 연주회는 그것으로 충분하게 될 것이다.

어찌하다 수필집 『먼길 돌아온 손님처럼』을 냈다. 글 쓰는 일이 매번 낯설고 막막하다. 오늘은 『월간문학』의 원고청탁으로 프로처럼 하루 빛날 수 있을 것이다. 수원기타오케스트라 연주회에서도 별처럼 반짝이며 하루를 충분히 살아내면 되는 것이다. 삶이란 그런 것이다. 그냥 과정으로의 삶, 그 자체로 이미 빛나고 있는 시간이다. 글을 쓰는 일과 연주회를 한다는 것은 사람과 나눈다는 차원에서는 일맥상통한다고 볼 수 있다. 사람과 나눈다는 것은 가치 있는 일이라는 생각이 든다. 나이를 먹어가면서 요즘 저절로 알아지는 것이 한 가지씩 늘어난다. 그냥 'Gracias A La Vida', 생(生)에 감사하면 되는 것이다. 나는 그렇게 생각한다.

# 그 참혹한 계절을 지나며

2000년 4월에 화성시 비봉면 쌍학리에 구제역이 발생하여 혼비백산한 적이 있다. 이곳과는 불과 3km밖에 떨어져 있지 않은 지역이었다. 생석회 가루가 온 마을을 뒤덮고, 연일 매스컴에서는 구제역에 대한 소식으로 뉴스를 시작하고는 했다. 동네 사람들은 겨울을 지낸 나무처럼 적막하고 수척하게 시름시름 기운을 잃었다. 불면증으로 잠도 자지 못하고 두통과 설사에 시달렸다. 축산업으로 밥을 먹고 사는 사람들은 소독 가루 속에서 만신창이가 되었다. 아침에 목장에 들어가서 소를 보는 일이 저승사자 보는 것처럼 두려웠던 시간을 이미 겪었다.

그로부터 십 년이 지났지만, 별반 나아진 상황은 아무것도 없다. 정부에서 향후 구제역이 일어날 것에 대한 구체적인 대책을 세우지 못한 것이 심히 유감스럽다. 우리나라에 구제역이 처음 발생한 것은 1933년으로, 충청북도와 전라남북도를 제외한 전국에 나타났다가 1934년에 종식되었다고 한다. 이후 66년 만인 2000년도에 15건, 2002년에 16건이 발생했다. 그 후 다시

2010년 1월부터 5월까지 총 17건이 발생했다.

2010년 11월 29일 경북 안동지역 돼지농장에서 발생한 구제역은 초기대응에 실패하여 다음해도 여전히 산발적으로 구제역을 겪게 되었다. 불행하게도 이번 구제역은 조류인플루엔자와 같이 왔다. 주로 돼지 농가에서 속출했고 한우농가의 피해도 적지 않았다. 지금까지 정부에서 살처분 농가에 보상해야 할 금액은 어림잡아 2조 원을 넘었고 매몰된 가축 수는 삼백만 마리를 넘어섰다고 한다. 그렇지만 아직도 구제역은 끝나지 않고 있다.

구제역(FMD:Foot-and-Mouth Disease)은 소, 돼지, 양, 염소, 사슴 등과 같이 발굽이 둘로 갈라진 동물에게 발병하는 바이러스성 급성 가축 전염병으로 세계동물보건기구(OIE)에서도 가장 위험한 가축 전염병으로 분류하고 있다. 다행히 사람에게는 감염되지 않는다.

구제역 바이러스의 전파 경로는 다음 세 가지다.

1) 질병에 걸린 동물의 수포액, 침, 유즙, 정액, 분변 등과 접촉해서다.

2) 발생 농장을 출입하는 사람, 차량 등에 바이러스가 묻어서 다른 농장으로 옮겨간다.

3) 발병 가축의 재채기나 호흡할 때 생기는 오염된 비말이 공기를 통해서 이웃 농장으로 옮겨간다.

구제역은 입술, 잇몸, 구강, 혀, 코, 유두 및 발굽 사이에 물집이 생긴 것으로 파악이 가능하다. 보행이 불편한 것, 유량이 감소하고 식욕이 저하되면서 심하게 앓게 되고 결국 폐사에 이르기도 한다.

구제역은 전파속도가 매우 빨라 확산 방지를 위해서는 감염되었거나 그런 의심이 들면 신속히 매몰 처리하는 것이 옳다고 한다. 구제역 발생 농장으로부터 대체로 반경 500m 내 농장은 공기나 야생 조류 등에 의해 비슷한 시기에 감염되었거나 감염 가능성이 높다고 봐서 예방 차원에서 매몰 처리를 한다. 그나마 예외는 있다. 예방백신 접종 후 14일이 경과되지 않는 농장에서 발생할 경우는 발생 농장과 반경 500m 거리 내 예방접종을 하지 않은 농장의 가축만 매몰 처리를 하지만, 예방백신 접종 후 14일이 경과된 농장에서 발생할 경우에는 농장 내 대부분의 가축이 항체를 형성한 것으로 보고 전파위험이 적다고 판단해 감염된 가축만 매몰 처리를 한다.

농림수산식품부 발표로는 하루에 5만 마리 이상의 가축이 살처분될 때에 비하면 12월과 1월에 많이 줄었지만, 현재도 하루 20여 곳 농가에서 꾸준히 구제역이 발생한단다. 매일 1만 마리 이상의 가축이 살처분 매몰되고 있는 불행한 현실이 계속되고 있다. 매몰 가축으로 앞으로 또 어떤 환경문제를 유발할지 불안해할 틈도 없다.

2011년이 시작되면서 일월 내내 평균 영하 7.2도였다고 한다. 모스크바의 겨울 평균기온이 영하 7.8도라고 하니 말로만 듣던 모스크바의 겨울과 비슷한 혹한 속에서 더 이상의 구제역 확산을 막기 위한 처절한 몸부림의 이중고를 겪어야 했다. 2월 중순에 내린 동해안 지역의 살인적인 적설량은 1m가 넘었다. 이곳 화성에도 겨울 내내 흰 눈이 쌓이고 내리기를 반복했다. 소독기의 물은 금방 얼어서 분무가 되지 않아 차량 방역이 수월하지 않았다. 방역에 참여한 공무원이 과로로 10여 명이 목숨을 잃는 불행한 일이 발생했다. 결국 군인들도 방역에 합세를 했다. 전국이 전투적으로 구제역의 종식을 위해 최선을 다하고 있지만, 아직도 내일은 불투명하다. 그래서 불안하고 또 불행한 겨울날들이었다.

우리 목장에 몇 년 전에 결핵에 걸린 만삭의 소 두 마리가 생겼다. 제2종 전염병에 속하기 때문에 그 두 마리를 살처분하게 되었다. 문제의 소 한 마리가 살처분을 앞두고 새끼를 분만했다. 그 어린 새끼를 감추고 싶은 강한 유혹에 시달렸다. 하지만 어찌해 볼 도리가 없었다. 비가 추적추적 오는 날 시청 공무원이 결국 살처분을 집행하기 위해 방문했다. 그 겨울 내내 남편과 나는 의욕을 상실한 채 무기력하게 잠만 잤다. 우리가 그런데 하물며 가축 전부를 잃어버린 사람들은 이 겨울을 어찌 견디며 살아냈을까. 사는 것이 죽음보다 못할 때도 있다.

자동 목걸이에 매어진 앞의 소가 살처분을 위해 주사를 맞고 죽자, 저 끝에 매달린 소가 스스로 죽어버리더라는 어느 목장 주인의 말에, 나는 무척추동물처럼 주저앉았다. 스스로 죽어버린 그 소처럼, 무방비 상태로 있던 내 온몸이 전율이 일었다.

지금 살아남은 우리들도 앞으로 언제까지 축산업을 계속할 수 있을까? 앞서 불행을 겪은 사람들에게는 어떤 것도 위로가 될 수 없을 것이다. 보상이 전부는 아닐 것이다. 우리가 마음을 모아 살처분당한 축산인의 상처를 함께 어루만져야 한다. 그동안 묵묵히 자신의 자리에서 최선을 다한 당신의 수고로 우리의 생존이 안전했다. 우리 삶은 유기적으로 관계를 맺고 산다. 축산업에 종사하는 3만 명의 사람들이 구제역 여파로 일자리를 잃었다. 앞으로 먹이사슬의 관계에서 많은 혼란을 겪을 것이다.

한 가지 분명한 것은 구제역 종식을 위해 끝까지 긴장의 끈을 놓지 않아야 하며 관계 부처에서는 향후 발생할 구제역 사태에 대한 근본적인 대책을 세워야 할 것이다. 우리 모두 안전하게 생업에 종사하여 희망을 이야기할 수 있을 때까지, 우리는 다시 일어서야 한다. 다시 시작해야 한다. — 2011년

## 제4부

# 따뜻한 슬픔에 젖어서

당신 보세요, 이제 당신을 호명할 날도 며칠 남지 않았네요.

인생은 그러하지요. 머물고 멈추기를 반복하다 어느 날 선연한 기억 한 줄 남기고 안개처럼 사라지지요. 그동안 학과 사랑방에서, 가슴 젖어 내리는 은빛 그리움으로 슬픈 음률을 배경음악으로 하여 이카루스의 비상을 꿈꾸곤 했지요. 문학을 즐긴다는 것은 이카루스의 비상처럼, 결국 바다라는 허방에 떨어진다는 것을 모르는 것은 아니었지만, 밀랍의 가벼움에 취했던 날들의 따뜻한 슬픔에 젖어 이별을 연습합니다.

일찍 철이 들었던 탓으로 이미 예전에 알아버렸습니다. 항상 그곳에 우리 함께 할 수 없다는 것을요. 그래서 함께 있을 때 함께 있음을 최대한 즐기고자 최선을 다했습니다. 그래야 슬픔마저도 따뜻할 수 있겠지요. 그 많은 강의와 과제를 완수하기 위해 눈물 겹도록 과부하된 내 머릿속을 진정시키기 위해 내가 겪은 고통의 시간이 지금 내게 무엇을 주었을까요.

노동의 환산으로 지불된 지폐를 공부에 바친 열정을 생각해 봅니다. 그 열정으로 치열했던 시간의 축적물이 온도계의 붉은 기둥처럼 눈에 보이는 수치로 나타났으면 좋겠는데요. 그 시간은 그 시간대로 충분했을 것입니다. 세상에 대해서 그리고 사람에 대해서도 많이 겸손해졌습니다. 지금보다도 더 척박한 시간대에 있게 될지라도 충만할 수 있을 것 같은 자신이 생겼습니다.

옳고 그름에 대한 판단이 조금은 확연해졌고 우유부단했던 내 생각을 표현함에 있어 용기가 생겼습니다. 세상을 보는 시선이 좀 더 따뜻해졌습니다. 세상을 보는 관점이 좀 더 명쾌해졌습니다. 어디에 있을지라도 안주하지 않을 생각입니다.

문학공부는 이제부터 제대로 할 생각입니다. 이제 그동안 소홀했던 가족을 위해 음식 만드는 시간을 많이 가질 생각입니다. 그동안 함께한 당신, 나로 인해 상처받았던 사람이 있으면 용서를 바랍니다. 설령 이것이 마지막 인사가 될지라도, 당신 때문에 그동안 난 참 행복했답니다. ─ 2008년 학과 사랑방 카페를 나오면서

# 가을 외출

오늘은 김장때 쓸 새우를 사러 조암으로 갔지요. 12시 30분쯤 배가 들어온다고 해서 시간을 잘 맞추었지요. 조암까지는 한 시간쯤 걸리지요. 이웃집 여자와 둘이 갔습니다. 그 여자는 나와 함께 가기 위한, 동행 그 자체였지요.

가을은 어디든 아름다웠습니다. 참으로 넉넉했지요. 바람을 쐰다는 그 기분으로 나선 외출이라 길가 풍경에 마음을 주었답니다. 곧 잘 그런 외출을 시도한답니다. 밥 한 그릇, 칼국수 한 그릇 사 먹는다는 이유를 달고서 먼 거리를 다녀오곤 하지요.

오는 길에, 마음이 닿는 곳에 차를 세웠지요. '경기도 산재 요양병원'이라고 씌어 있었습니다. 울타리 속으로 언뜻언뜻 보이는 그곳이 참 궁금했지요. 외국영화에서나 외국 달력에서 볼 수 있는 그런 아름다운 풍경이었지요. 곱게 낙엽이 물든 여러 종류의 나뭇잎들이 한층 분위기를 만들었습니다.

생전에 가꾼 사유지를 노동현장에서 사고를 당한 사람들께 희사하신 김철호 씨 기념비 앞에서 한참을 숙연해 있었지요. 그곳엔 아파트도 있고 재활할 수 있는 모든 시설이 완벽했습니다. 머무는 잠시 평화로워지는 마음을 느꼈지요. 그래도 이런 고마운 분들이 있어 세상이 참 살 만해진다고 생각했습니다.

오솔길을 쭉 걸어오면서 내 마음까지 따뜻해져 왔습니다. 일찍 옷을 벗어버린 성질 급한 벚나무, 빨간 콩 같은 열매를 달고 있는 목련나무와 후박나무, 여러 종의 나무가 뿜어내는 향기를 맡으면서, 내게 봉사할 시간이 마련된다면 자식들이 더 이상 나를 필요로 하지 않을 때, 내 시간을 내 마음대로 쓸 수 있을 때 이런 곳에 와서 땀 흘려 일해 보고 싶다는 간절함이 생겼습니다. 내 소망을 얘기하자 아랫집 여자가 말했습니다.

"이해인 수녀처럼 살지 그랬어. 그것이 자기한테는 참 잘 어울리는 인생인데 말이야. 글이나 쓰면서…"

돌아오는 길도 가을이 눈 두는 곳 어디에서든 넉넉했고 아름다웠습니다.

# 꽃의 시간

　우리네 삶의 시간처럼 날씨는 변화무쌍하다. 한동안 찌는 듯한 무더위가 계속되었다. 그러다 제주도를 시작으로 장마전선은 전국을 오르락내리락 한다. 장마 끝자락에 '송다'의 이름을 달고 온 태풍은 한 바탕 삶의 터전을 흩뜨려 놓았다. 그래도 이번 태풍은 이름처럼 얌전했다. 비 그친 후 첫새벽에 찾아온 '비밀의 정원'은 세수한 민낯처럼 신선하다. 잠시의 틈새에 찌찌찌찌 풀벌레 소리가 생소하게 들려온다. 그 낯선 풀벌레소리로 하여 입추가 가까워옴을 알겠다. 그 풀벌레소리가 잦아지고 매미 울음소리 요란하다. 짧아지는 매미의 시간을 놓칠새라 한 마리의 선창으로 여기저기서 떼창으로 들어간다. 꽃밭의 시간대에 따라서 들려오는 소리의 다름이 정확했다.

　에키네시아, 백일홍, 분꽃, 족두리꽃이 비에 웃자라 서로 키재기를 하고 있었다. 웃자란 꽃들은 태풍으로 쓰러져서 꽃밭의 영역을 벗어나 잔디 위에 엎드려 있다. 꽃밭 중간쯤에 우뚝 솟아 있던 해바라기는 비스듬히 누워서 꽃을 피우게 될 것이다. 제 자리를 지키던 꽃밭의 원형은 찾을 수가 없게 되었다. 이제는 원래대로 돌아가기는 어려울 것이다. 어수선해진 꽃밭이 내 마음 같다.

그 여자가 우리 동네 저 위쪽에 입성한 지는 25년쯤 되었다고 했다. 시어른이 먼저 와 살고 계시다가 두 분이 차례대로 돌아가신 후에 들며날며 하던 거처에 온전히 자리를 잡은 지는 얼마쯤 되었을까? 그 여자와의 인연을 거슬러 올라가 본다. 문학단체에서 전주 한옥마을을 둘러보고 오는 차 속에서 그 여자가 보낸 톡을 받았다. 그 여자의 인연이 그날로 정지된 화면처럼 특별해진 날이다. 그냥 알고 지낸 먼 이웃 여자가 내 가슴으로 들어온 날이다. 그 화면에는 대바늘로 짠 네키목도리 2개가 앙증맞게 사진으로 찍혀 있었다. 선물을 준비했으니 시간 될 때 올라오라는 전갈이었다. 그즈음에 돌을 지낸 지용, 소민이의 목도리였다. 올해 초등학교에 입학한 쌍둥이 손주의 선물이었다. 그때 돌아오는 차창 밖으로는 눈이 푹푹 내리고 있었을까? 내 기억 속에는 눈이 내리고 있었다.

그 여자네 집으로 오랜 이웃지기와 함께 갔다. 왜냐하면 아직 그 여자가 낯설었기 때문이다. 그날 이후로 우리는 커피를 마시고, 밥을 먹고, 실을 사기 위해 동대문시장으로 돌아다녔다. 이제는 택배로 공동 구매하여 여러 손뜨개 작품을 만들었다. 내가 제일 자신 있는 것은 모자 짜기였다. 우리는 머리를 맞대고 여러 차례 실험을 거친 후에야 맞춤형 모자의 도안을 만들게 되었다. 내가 바깥세상에서 눈이 마주친 여자는 내 모자를 하나씩 받았을 정도로 '명주표 모자'가 날개를 달았다. 그 여자로 인해서 나는 솜씨 좋다는 말을 세상에 태어나서 처음 들어보게 되었다. 그 여자는 국민교육헌장에 있던 그대로 잠재되어 있던 내 솜씨를 계발하여 세상에 빛을 보게 해준 좋은 사람이었다. 하지만 유감스럽게도 내게 실값을 많이도 날려버리게 한 사람이었음도 밝혀야겠다.

그 여자는 재주가 많았다. 자신의 식탁에 덥석 숟가락을 얹어주며 예고 없이도 한끼 밥을 배부르게 먹여준다. 남양농협 반찬 부스에서 몇 년 영업을 해본 경험이 있으니 그 여자의 밥상은 항상 푸짐하고도 맛깔났다. 그리고 어느 자리에서든 궂은일에 팔을 걷어붙이고 나서서 도움을 주는 그 여자의 단순성은 큰 장점이라는 생각이 든다. 뭐든 선뜻 자기 것을 내어주는 그 성품으로 하여 주위에 그 여자의 친구들이 많았다. 그리고 소녀 감성 때문에 우리는 자주 울 일을 만든다. 그 여자와 속을 풀다 훌쩍훌쩍 함께 우는 날도 많았다. 속을 풀다가 우는 울음 끝에 계면쩍게 웃는 웃음은 그래도 괜찮다는 응원이었다. 그런 날은 비 갠 '비밀의 정원'에서의 민낯처럼 말개진 마음으로 각자 돌아서곤 했다.

2022년 설을 며칠 앞둔 어느 날 그 여자의 전화를 받았다. 아파트를 짓기 위해 준비 중인 주택조합과 줄다리기를 하다가 거의 막바지 단계에서 결국 집을 넘기기로 계약서를 썼다는 전화였다. 이사 준비를 해야 하니 앞마당에 있는 컨테이너를 '비밀의 정원'으로 옮겨갈 생각이 없는지를 타진해 왔다. 난 그날로 마음을 정하고 설 명절을 지내기 전에 아예 대형 트럭과 지게차를 수소문했다. 컨테이너는 안성맞춤인 그 자리에 자연스럽게 한 자리를 차지했다. '비밀의 정원'에 담이 붙어 있는 이웃지기와 함께 컨테이너에서 수시로 모여 커피를 마시곤 했다. 창밖으로 보이는 250년 묵은 느티나무의 연초록 새잎을 함께 보았다. 잔가지에 매달린 봄바람의 희롱은 그대로 봄의 왈츠였다. 그 감동을 함께 공유했다. 중간중간 이별을 준비하는 만남은 늘 마음이 아렸다. 그 아픈 마음을 숨기며 우리는 그 '비밀의 정원'에서 봄여름을 지냈다.

우리 셋은 시간 날 때마다 자신의 꽃밭을 공유하면서 꽃씨를 나누고 꽃모종을 나누었다. 작년에 자주 다녔던 나무시장과 꽃시장을 둘러보는 시간은 뜸하게 되었다. 각자의 꽃밭도 빈틈이 없을 정도로 자리를 잡았기 때문이다. 이제 꽃 진 자리에서 저절로 싹이 올라오는 것으로도 충분했다. 그리고 그 여자는 떠날 준비로 자신의 정원에서 품었던 모종을 아낌없이 나눠주었다. 그 여자의 꽃밭에서 옮겨온 것이 제법 많다. 마가렛, 구절초, 에키네시아, 해바라기, 다알리아 그리고 토란까지. 토란은 꽃밭에 어울리지는 않지만 그 넓은 잎도 좋았고 그 잎에 또르르 맺혀 있는 물방울도 좋았다. 그 말린 줄기로 육개장을 끓이면 제격이겠다. 음식솜씨 좋은 여자는 기꺼이 자기만의 비법을 나한테 알려줄 것이다. 그리고 새해에는 그 여자를 생각하며 토란국도 끓여봐야겠다.

그 여자는 여주 이천 용인으로 부지런히 집을 구하러 다녔다. 다행스럽게도 안성에서 안성맞춤인 집을 구했다고 했다. 수리 보수가 필요한 집이어서 사람을 데리고 안성을 수시로 드나들고 있다. 오늘도 그 여자는 이곳에 없다. 내일도 모레도 안성으로 가야 한다고 했다. 잔금도 치렀으니 안성의 새로운 집이 리모델링이 끝나면 그 새로운 보금자리로 떠날 것이다. 이제 이별이 코앞으로 다가온 것 같다. 섭섭하지만 그 또한 어찌할 수 없는 일이다.

그 여자는 어느 날 "명주 씨, 나 이제 가요." 하고는 그리고 손을 내밀겠지. 그 생각만 해도 눈물 난다. 그러면 나는 이렇게 말을 할까?
"종오 씨, 우리 함께한 시간은 꽃의 시간이었어요. 잘 가요…."
먼길 돌아 우리가 만났던 시간이 새봄처럼 다시 올 수는 없을 것이다. '드랭이마을 비밀의 정원'에서 우리 함께 화사하게 피었던 시간에 위로받으며, 그 여자가 내민 손을 따뜻하게 잡아야겠다. — 2022년 가을

# 다시 계절을 맞으며

　김동건 아나운서가 진행하는 '가요무대'. '지난여름은 너무나 덥고 짜증이 나는 날이 계속되었고 참으로 참기 힘든 무더위였다'는 인사말로 시작되고 있었다. 정말 태어나서 처음 겪는 더위였다. 그냥 앉아 있어도 앞에서 뒤에서 열기가 확 덮쳐와 땀을 줄줄 흘려야 했다. 그 뜨거운 열기가 온통 세상을 달구었다.

　그럼에도 불구하고 마리아 릴케의 시처럼 '지난여름은 참으로 위대했다'는 생각을 하게 된다. 수위를 넘은 더위였을지라도 그 여름은 계절에 충실했고 더위의 정점을 치고 내려왔지만, 다시 숨고르기를 하고 살아갈 수 있게 하는 혹독한 단련의 시간이었음이 분명하다.

　그 지독한 더위 끝에 태풍 볼라벤이 올라왔다. 몇 년 전 곤파스를 겪은 목장의 축주들은 긴장을 할 수밖에 없었다. 멀리 안성에서 발전기를 빌려와서 대비를 했으며 여러 관계기관에서는 정보를 발송했다. 곤파스, 그만큼의 강도로, 같은 진행경로로 올라온다는 볼라벤의 위력을 숨죽이며 기다렸다.

8월 28일 오후 2시쯤에 볼라벤이 중부지방을 관통할 것이라는 예보가 틀렸다. 대신 태풍이 지나간 뒤에 몰려온 폭풍이 만만치 않았다. 그 인정머리 없는 바람의 광기라니, 정말 무서웠다. 빨리 빨리 지나가기만 기다릴 수밖에 도리가 없었다. 그 참을 수 없는 순간에도 생명은 탄생한다. 갓 태어난 송아지의 광분하는 세상과의 첫 대면은 혼란 그 자체였을 것이다. 생명의 탄생은 경이롭다. 암흑 세상에서 한 줄기 빛을 본 기분이다.

TV 뉴스에 보이는 태풍 피해는 항상 처참하다. 추석을 코앞에 두고 출하를 준비하던 과수원의 낙과된 풍경은 을씨년스러웠다. 그것을 보는 사람들은 마음이 먹먹해진다. 나무들은 부러지고 꺾이고 잎들은 찢어지고 과일들은 땅에 떨어지고, 하우스와 목장의 지붕들은 날아가고, 태풍이 지나간 자리는 후줄근해졌다.

생성과 소멸을 반복하는 지구 활동에 우리는 탄력 있게 대처하는 수밖에 별 도리가 없을 것이다. 다음해에도 더위와 태풍과 가뭄과 수해와 추위와 맞서서 살아내야 한다. 우리는 점점 강해져야만 살아남는다. 그것이 생존의 법칙이다.

'가요무대'를 들으며 싸이의 '오빠는 강남 스타일'을 즐기며, 그 시련을 겪고도 이 가을 곱게 물들어가는 산하의 아름다움에 위로받으며, 우리는 '손에 손잡고' 내일을 애기하며 희망을 노래해야 한다. 가을 산처럼, 사람살이도 좀 더 깊어지고 부드러워졌으면 한다.

지금은, 찬란하게 부서져 내리는 가을볕 속에서 영겁의 세대가 이어져 내려갈 양식을 수확하는 시간이다.

# 아름다운 사람 한 씨

예로부터 효자에 대한 이야기는 아득한 전설에서부터 회자되던 우리의 아름다운 삶의 이야기였다. 어른에 대한 공경심도 사라져 가는 요즈음의 핵가족 제도에서는 효자에 대한 이야기를 들어보기가 힘들다. 가끔 매스컴에 효자 이야기가 보도되기도 한다.

얼마 전 아흔이 넘은 아버지를 지게에 지고 금강산 구경을 다닌 효자아들이 있어 세상을 놀라게 했다. 아버지가 보고 싶어 하신 금강산 구경을 시켜드리는 것으로 따뜻한 효의 실천을 하고 있었다. 인도에서도 거동이 불편한 어머니를 광주리에 태워 어깨에 둘러매고 성지 순례를 하면서 세상을 구경시켜 드리는 것을 TV에서 보았다. 참으로 아름답고 감동적인 효자 이야기였다.

경기도 화성시 비봉면에 살고 있는 효자 이야기를 하고자 한다. 아름다운 사람 한 씨는 스무 살에 불의의 교통사고로 아버지를 잃었다. 그 당시 아버지는 마흔아홉의 가장이었다. 전문학교를 졸업하고 가장을 잃은 그는 어머니와 농사를 지으면서 군대를 다녀왔다. 그동안 누님들도 결혼을 했고, 막내여동생마저 결혼을 한 상태였다. 한 씨가 서른쯤 되었을 때 회갑을 앞둔 어머니가 뇌졸중으로 쓰러졌다. 그 뒤 어머니는 식물인간으로 병석에 누웠는데, 그게 이제 15년이다. 그 길고 긴 세월을 하루같이 어머니 병간호로 젊은 세월을 다 보냈다. 결혼한 누님들은 각자 자신의 살림을 사느라고 어머니를 돌보지 못했다. 한 씨는 결혼도 하지 않고 어머니를 봉양하고 있다.

   가장 큰 고통이 경제적인 것이라고 말한다. 4,500평의 논농사를 짓게 되면 그 해 수입이 900만 원쯤 된다. 그걸로 병원비와 병간호를 댔다. 그렇게 지내온 지 15년이 흐른 것이다. 한창 바쁜 철은 누님들이 번갈아 어머니 간호를 했고 그 짬을 이용해서 논 갈이며 모내기를 해왔다.
   병원에서 사온 유동식으로 시간 맞춰 호수로 음식물을 투입한다. 대소변을 받아내며 욕창의 위험을 막기 위해 시간 날 때마다 마사지를 해드리고 운동을 시킨다. 하루에 한 번씩 어머니의 목욕을 시켜드려야 한다. 끓는 가래를 해결해야 한다. 가래가 심할때는 몇날 며칠 밤을 새우는 일도 허다하다. 어머니의 빨래를 한 줄 가득 널어놓고 본인의 식사도 해결해야 한다. 가끔 누님들이 반찬을 해 오기도 한다.
   얼마 동안은 중매도 들어와서 선도 보고 했지만 그 상황을 받아들일 여자는 없었다. 그러다가 중매도 끊어지고 혼기를 놓쳐버렸다. 이제 그는 벌 나비 분분한 꽃 같은 나이 다 지나가고 후줄근

하게 쉼을 바라본다. 외출이 힘들다 보니 친구 관계도 소원해졌
다. 이제 친구 하나 곁에 남아 있지 않았다. 한 씨는 외롭다.


　긴 병에 효자 없다는 말도 있지만 한 씨는 길고 긴 그 세월을 한
결같은 마음으로 식물인간인 어머니를 돌보고 있다. 잠시도 어머
니 곁을 비우지 않고 지성으로 어머니를 간호한다. 동네 어른들
은 그 젊은이가 분명 요즘 사람이 아니라고 말한다. 하늘이 내린
사람이라고 칭찬한다. 상을 주어도 아주 큰 상을 주어야 한다고
한다.
　너무나 아름다운 사모곡을 부르는 한 씨는 분명히 어느 누구도
할 수 없는 일을 하고 있다. 하루도 하기 힘든 일을 불평불만 없
이 그 일을 당연한 듯이 인류의 근본인 효를 실천하고 있다.
　59세에 쓰러져 아들에게 의지하여 생명을 연장한 그 어머니의
나이가 일흔이 넘었다. 그 아들은 앞으로도 이 일을 계속하게 될
것이다. 어머니가 자식도 알아보지 못하는 그 인고의 세월 앞에
아직도 그 자식은 의연하다. 그 힘은 어디에서 나올까 궁금했다.
그 모자는 서로에 대한 믿음으로 굳게 결속되어 있었다. 그 힘으
로 어머니는 그 오랜 세월 동안 생명을 연장해 오고 있는 것이다.
자식과 함께 있는 기쁨으로 버텨온 것이다.
　다시 봄이 오면 그 아들은 씨를 뿌릴 것이다. 그 수확으로 어머
니와 함께 절벽과도 같은 캄캄한 날을 함께 있다는 위안으로 살
아낼 것이다. 하지만 우리들은 한 씨를 기억해야 한다. 그렇지만
참으로 안타까운 현실 앞에 별다른 대책이 없는 한 씨의 미래가

희망이 보이지 않는다는 것이었다. 이제 한 씨의 무거운 짐을 함께 나누어야 한다. 그 일은 우리들 모두가 고민하고 함께 풀어내야 할 공동체의 과제이기 때문이다.

# 어느 아름다운 작가 이야기

　그를 만난 건 온 세계를 공포 속으로 몰아넣은 호흡기 질병인 코로나19로 어수선하던 때다. 비대면 수업으로 진행되는 Zoom 강의가 끝날 쯤에 지도교수님과 인연 있는 작가의 책을 읽게 했다. 그리고 마지막 수업에 그 책의 작가가 수업을 진행했다. 늦은 나이를 생각하지 않고 여러 매체를 통해 공부를 계속하는 것은 고추의 매운맛처럼 강한 공부의 중독성 때문일 것이다.

　그 작가의 말처럼 '모든 글은 결국은 비빔밥'이라는 결론에 도달했다. 자신의 경험과 지식, 결국은 그 재료로 만들어진 결과물이 작품이 되는 것이다. 작가는 잘 우는 남자다. 내가 그리워했던 바로 그 남자였다. 아주 오래전에 아는 여자에게 어디 잘 우는 남자 없을까? 하고 농담을 건넨 적이 있다. 참 오랜만에 불현듯 내가 찾던 사람을 생각지도 못한 책 속에서 만났다. 그 남자는 만져지지도 않은 실체로 책 속에서 여러 이유를 달고서 울고 또 울었다. 내가 참고 살았던 울음을 대신 울어주고 있었다. 그랬으니 단순한 나는 그 남자가 단숨에 좋아졌다.

위험하든 그 반대이든, 항상 머릿속에 폭죽을 터뜨릴 준비를 하고 있는 작가이다. '서른일곱에서 스물두 살을 베어낸 열다섯 살'의 마음으로 놀라고 감동하고 천진스러운 작가이며 나처럼 강박관념에서 기록하고 시도 때도 없이 울기만 하는 작가. 그만의 문장을 끌고 가는 맛과 멋의 끌림에 홀릭되었다.

며칠 전에 수원 신풍동 뒷골목에서 만난 찻집 이름이 하필이면 '홀릭'이었다. 글을 쓸 때 '손을 휘젓는 비빔밥 퍼포먼스를 하다가 곧잘 뒤를 홱 돌아보는 이상한 습관을 가진' 작가. 나는 찻집에 앉아서나 후미진 길모퉁이를 돌면서 갑자기 쓸쓸해져서 그 작가를 그리워하게 될지도 모를 일이다. 그 작가가 만들어내는 문장의 꿈틀거림, 달팽이가 진흙 위에 만들어내는 아름다운 기하학무늬처럼 나는 그만의 문장에 빠져버렸다.

제발, 두리번거리지 말고 지금 이 순간에 마음을 두세요. 지금 이 순간에 온전히 마음을 두어야 그 곳에서 기쁨을 찾을 수 있어요. 마음을 두어야 피가 돌고 그 곳에서 꽃이 피는 거예요.

아하 맞아, 꽃이 피는 꽃이 피어나는 곳에 온전히 마음을 두어야 그곳에서 기쁨을 찾을 수 있음을, 폭죽처럼 내 머릿속에서 터지는 문장의 읽힘이 놀라웠다.

풍성한 인생은 긴장과 이완의 길항 속에서 얻어진다. 당신을 때로 소름끼치게 만들고 울게 만들고 간절히 기도하게 만들고 밤을 새워 뒤척이게 만드는 공포가 있다면 그것은 감사한 일이다. 지금보다 더 나은 발걸음을 떼게 하는 그것을 우리는 위대한 '공포'라고 한다.

그는 잘 우는 참 착한 사람이다. 그래서 그 사람을 닮은 글도 착했다. 음지에 드는 햇볕처럼 따뜻했다. 그 남자가 잠시 머물렀던 지심도의 바닷물처럼 평화롭고 조용하고 은근하고 신비로웠다. 이 책을 읽어 내려가는 내내 행복했다. 작가가 만들어내는 모국어의 조합들이 비유들이 은유들이 참 좋았다.

겨울바람 속의 봄바람, 낮과 등을 맞댄 밤, 울음이 섞인 웃음, 평안에 도사린 불안, 사랑에서 발아한 증오, 찰나에 깃든 영원, 죽음을 끌어안은 삶…

끝도 없이 이어지는 빛나는 언어의 조합들이 참 좋았다. 그리고 시선을 어디에 둘까 늘 고민한다는 그는 시선이 두는 쪽으로 삶이 스며든다고 했다. 그 시선이 어느 쪽이든 작가는 운명적으로 그 시선이 닿는 곳에서 글을 시작할 것이다.

'겨울과 봄의 틈에서 당신의 헤이수로부터'로 마무리되는 짧은 편지글은 참 오랜만에 마음이 무장 해제되는 이완을 느꼈다. '겨울 강을 건너는 그대에게', '모든 존재는 어디에 있든 누구와 있든 세상의 중심이면서 변방의 끝' 등의 글귀도 적어본다. 『기억나지 않아도 유효한』, 마지막 책장을 덮으면서 다시 첫 장을 열고 싶어지는 책! ─2021년 6월

# 라이프 스토리 65 퀼트 전

수원역에서 출발한 전철은 출근시간이 끝나서인지 군데군데 자리가 있었다. 창밖으로 보이는 신록 위에 오월의 햇살이 은혜처럼 내리고 있었다. 연세대 서문 쪽으로 좁다란 오르막길을 올라갔다. 퀼트 예술가 안홍선 님이 65세를 기념해 준비한 '라이프 스토리 65 퀼트 전'을 찾아서였다.

안홍선 님은 1980년대 후반에 KBS 주최 '으뜸주부 솜씨상'과 내무부 주최 '아름다운 가정 조경대상'을 받은 분이다. 얼마 전 병을 얻어 시부모님이 살던 세마대 근처 화남호반 집에 머물면서 백여 종의 토종 꽃나무와 유실수, 수백 종의 들꽃을 가꾸면서 손수 농사도 짓고 시를 쓰고 퀼트 작품을 제작하고 지내왔다. 안홍선 님이 살던 서울 집은 성악을 전공한 따님이 개조해 '마리아 칼라스'라는 이름을 단 클래식 레스토랑을 열었다. 퀼트 전은 바로 그곳에서 개최되었다. 개인 퀼트 전시로는 국내 최초라 했다.

전시회장에 들어서자마자 낯익은 작품들이 우리 일행을 맞아주었다. 공부하러 떠난 닭띠 며느리에게 구애하느라 모으셨다는 수백 점의 닭 모형들과 40여 년 동안 모아둔 각양각색의 예쁜 찻잔들이 오후의 잔광을 받아 빛을 내고 있었다. 전시장의 28점의 작품과 소장한 장식품들이 어울려 지나온 시간의 퇴적층처럼 아름다운 무늬를 이루고 있었다.

안홍선 님 댁에서 한때를 즐기면서 보았던 한낮의 호수의 물결과 그 물결 위를 날던 물새, 막 끓여낸 블랙커피 내음, 보랏빛 붓꽃의 하늘거림, 때 없이 울던 수탉의 울음소리, 저마다의 이름을 달고 열심히 꽃을 피우던 아! 그 많은 꽃들과 일하는 부부의 영상이 스크린처럼 고스란히 작품 속에서 삶의 향기를 피워내고 있었다.

어느 날 암탉이 흔적도 없이 사라졌다고 했다. 주인은 다만, 식탁에 올리던 알이 생각나서였을까. 며칠을 찾느라고 애를 태우던 중에 성급하게 달려가는 수탉이 수상쩍어서 밖을 내다보니 돌아오는 암탉을 마중하더란다. 달려간 수탉은 행방이 묘연했던 암탉의 정수리 부분의 털을 다 뽑아 버렸다고 했다. 아마도 알리바이가 성립되지 않았나 보다. 아! 저러다가 암탉이 죽겠구나, 걱정을 했다고 했다. 그렇게 끔찍하게 단죄를 내린 후에 수탉의 날개 죽지에 고이 품어 제집으로 데리고 갔다고 했다.

동물의 세계도 사람 사는 모습과 별반 다르지 않나 보다. 사랑의 언약을 깨어버린 벌을 그렇게 혹독하게 치른 후 다시 품어 데리고 가는 것을 보고 스케치를 해서 미완성인 채로 '사랑의 언약'이란 명제 아래 걸어 두었다.

　작품에 쓰인 자투리 천의 조각들도 그대로 전시되어 작품이 형성되는 과정을 볼 수 있어서 좋았다. 이번 전시회는 기본 패턴에서 헤매는 한국 퀼터들에게는 크나큰 울림을 줄 터였다.

　대학에 입학한 아들이 첫 미팅을 소개받는 전화에 흥분했던지 어머니가 아끼던 꽃 수반에 주저앉아 버렸단다. 그것을 서랍에 두었다가 세월이 한참 지난 뒤에 열아홉 조각난 꽃 수반을 접착제로 칠하고 하나씩 붙이고 나중 몇 조각은 이가 물리지 않아서 여섯 시간 동안 사포와 조각칼 등으로 깎거나 갈아내고 갈아낸 가루로 틈새를 메웠단다. 그렇게 조각조각을 붙인 그릇도 전시했다. 매끈한 원래의 모습보다 더 아름답다는 생각이 들었다. 버릴 수 없는 애정, 아마도 안홍선 님의 인간적인 다정함이 그릇 속에 녹아 있어서일 것이다. 깨어진 그릇이 인고의 세월 후에 다시 상처를 딛고 의연하게 자리를 지키듯이, 사람 냄새나는 아름다운 사람으로 남아 계시는 분이었다.

　바느질과 호미질로 얻은 손의 통증으로 더 이상 작업을 할 수 없을 때는 시를 지으면서 보낸 날들을 한 권의 시집으로 엮어 전시장 한편에 놓아두었다.

> 보이느니 풀꽃이요, 먹느니 풀잎이라.
> 오색단청 꽃물이 속살에 서리어져 색색이 다 꿈이어라.
> 꿈을 줍느라 꽃물을 들이느라 풀잎 타고 두리번두리번
> 풀밭에서 먹고 사는 모습이 우리는 닮았다.
>
> ―「달팽이」

　퀼트와 시를 녹인 자화상 달팽이. 그분은 이 보잘 것 없는 한낱 달팽이를 통해서 인간 내면에 존재하는 근원적 아름다움을 드러냈다. 이슬꽃처럼 물안개처럼 햇살의 주술에 취해서 눈부시게 살다 조용히 떠나는 객이고 싶어 노력한 흔적들, 전시회장에는 그렇게 다채로운 삶이 새겨져 있었다. 창작은 모방에서 비롯되는 것, 아름다운 노후를 닮고 싶어 나도 이런 삶을 흉내 내어 보리라. 꿈에 부풀어 올봄이면 내 메마른 뜰에 꽃피고 나비 날아다닐 환상의 뜰을 생각하면서 옮겨놓은 꽃모종이 뿌리를 내렸다. 주부는 모름지기 종합예술을 해야 한다는 예쁜 할머니께 아름답게 나이 먹는 지혜를 배웠다.

　많은 생각을 하게 한 전시회였다. 모든 일에 일념으로 매진하다 보면 근원에 도달할 수 있다는 가능성을 확신할 수 있는 시간이기도 했다. 마라아 칼라스의 이층에서 클래식 음악을 들으며 좋은 사람들과 함께 한 시간은 행복했다. 하얀 집 앞에 있는 오래된

등나무 아래서 우리는 따뜻한 작별을 했다.

　꽃과 시와 퀼트가 어울려 전원에 뿌리 내린 노후의 여유, 그러
한 삶이야말로 인간이면 누구나가 바라는 행복이 아니겠는가. 오
늘, 이곳에서 아름다운 개인전을 소개함을 기뻐한다.

# 햇살 가득한 날

개와 늑대의 구별이 모호한 시간에 우리는 경주에 진입했습니다. 이상과 현실의 경계, 삶과 죽음의 경계에서 가끔 이런 모호한 시간으로 혼란스러울 때 있지요. 문학을 한다는 것이 또 그러합니다.

문학기행을 가기 위해서 한 가정의 주부로 살아가면서 2박 3일의 문학적 외도는 많은 갈등의 구조 속에서 무리수를 두고 출발합니다. 제 경우에는 그러합니다. 매번 평탄치 않은 출발이지만 포기하지 않았습니다. 매일매일 밥상 차리는 일에서 해방되고 싶은 나는 세상 밖이 너무 궁금했습니다.

산적한 일상의 일을 쌓아두고 그로부터 빠져나오는 일은 쉽지 않은 일입니다. 남편은 그 잘난 문학을 합네, 하는 여자를 인정하기가 싫습니다. 그냥 숨소리 조용하게 있는 듯 없는 듯 정물화처럼 존재하는 여자를 원하지요.

힘든 상황 중에 우리가 만난다는 것은 그런 유전자를 가진 사람이기 때문입니다. 고백하건대, 그래서 나는 당신들이 한없이 좋아집니다.

어느 날부터 사진 찍는 것에 매력을 느꼈습니다. 마음을 두고 눌렀던 순간이 하아~ 박하향기를 뿜으며 실체를 드러내는 감동이 참 좋았습니다. 손안에 들어가는 그 자그만 문명의 정체가 내 따뜻한 손길에도 반응을 하지 않았습니다. 출발하는 날 부랴부랴 수원역 앞 수리점을 들러서 다행히 찾아갈 수 있었습니다.

창밖으로 펼쳐지는 경주의 첫인상은 정말 예사롭지 않았습니다. 저는 경주를 처음 보았습니다. 그랬으니 다른 사람보다 감동도 배가한 것이지요. 우선 먹거리가 밀집되어 있는 보문 토박이 식당에서 비빔밥과 육개장으로 저녁을 먹었습니다. 문학적 외도를 한 날인데 그냥 갈 순 없지요. 달팽이처럼 천천히 더듬이로 음미하면서 보문호반을 끼고 숙소로 향했지요. 밤은 모든 것을 은폐하지요. 그리고 어둠과 불빛, 은밀한 유혹만이 밤거리에 출렁거렸습니다.

뒤풀이장소로 옮겼습니다. 졸업하신 선배님들이 참 많이 오셨습니다. 참 감사했습니다. 재학생들의 동참이 너무 미미하여 참 아쉬움으로 남았습니다. 04학번의 참여가 거의 절반을 차지했습니다. 긍지를 느낍니다. 밤늦게까지 담소를 나누면서 도착지의 첫날을 즐겼습니다. 다음날의 일정을 위해서 숙면이 필수지만, 가볍게 코고는 소리를 들으며 여행지의 밤은 침묵 속에 갇혀버렸습니다.

이튿날, 색색의 우산을 펼쳐들고 동학 발생지인 최재우 선생의 용담정을 향했습니다. 비몽사몽간에 맞이한 문학기행의 첫날은 비가 내리고 있었습니다. 장마철이었으니 비가 조금씩 오는 것은 그나마 다행이기도 했지요. 그래도 조용조용 내리는 비 소리는 운치가 있었습니다. 경사대 문학기행 때 화창한 날 어디 있었나요? 가끔 그런 생각을 했습니다. 어쩌면 축복처럼 비가 내린다고요. 일상에서 비껴나 있는 여행처럼 낯설지만 잠시 낯익은 것과의 거리두기만큼에서 비가 내리고 있었습니다. 폭우와 번개를 동반했다면 속절없이 한국콘도에 갇혀 빗소리만 듣고 있었겠지요. 비는 소곤소곤 내리다가 곧 개이곤 했습니다. 색색의 우산을 펼쳐들고 우리 일행은 경주 거리로 나서고 있었습니다.

　서양의 세력이 동양으로 진입할 때 최제우 선생은 동학으로 그것에 창조적으로 대응할 수 있었습니다. 그 동학의 발상지인 용담정을 거쳐 김동리 소설 「무녀도」의 공간배경인 선도산과 그 아래 예기청소와 금오산을 등반했습니다. 금오산은 불국토를 상징하는 거룩한 산이라지요. 김시습이 그 산 용장계곡의 용장사에 머물면서 '금오신화'를 썼다고 합니다.
　경주의 물이 흘러서 포항으로 내려가 형산강을 이룬다는 것도 알았지요. 경주는 배의 형상을 닮았으며 봉황이 알을 너무 많이 낳아서 그만 그 배가 가라앉고 말았답니다. 신라가 망했다는 것이지요. 능을 알로 한 비유겠지요. 소나무 숲에 보였던 능이 원성왕릉입니다. 야경이 아름다운 서출지를 들러서 고단한 걸음으로 숙소로 향했습니다. 일찍 잠을 자 두자고 다짐을 했습니다만 수런수런대는 소란에 목을 내밀다가 우시장으로 끌려가는 소처럼 차에 실려 유흥의 밤거리로 내몰렸습니다.

밤새도록 여행지의 밤을 목 놓아 즐기다가 유흥의 대가를 혹독하게 치르기도 했습니다. 거금을 내어준 학우에서 감사하며 마법의 성에서 풀려났습니다. 끝까지 남은 모 교수님께서 육개장을 사주신다고 기염을 토하셨지요. 아뿔싸, 관광지의 밤도 끝나버린 시각, 우린 편의점에서 라면에 뜨거운 물 말아 훌쩍훌쩍 마셨습니다. 환상과 현실의 경계에서, 새벽 동트는 하루를 현실감 없는 대화로 시작했습니다.

비몽사몽간에 차에 올라 처용암 가는 길에 도종환 시인의 '접시꽃 당신'도 만발했습니다. 그리고 거대한 정유관에 놀랐습니다. 그 공장 옆에 우리의 가장들의 고단한 승용차들이 한없이 즐비하게 늘어서 있었습니다.


잘 들어가셨는지요. 추적추적 내리는 빗소리 때문만은 아닙니다. 당신이 그리워서요. 함께한 시간이 참 고마워서입니다. 하 많은 사연을 가슴에 안고 무작정 떠난 여행이었지만 참 좋았습니다. 당신도 그러하셨나요? 공사다망하신 중에도 불구하고 참석하신 교수님, 앞에서 수고하고 진행하신 선배님 후배님 그리고 동기생들, 정말 감사드립니다. 보이지 않는 누군가의 수고로 편안한 2박 3일의 일정을 무리 없이 보낼 수 있었음을 감사드립니다. 안타깝게도 함께하지 못한 당신에게도 마음을 보냅니다.

문학기행을 마무리하면서 남은 자와 떠나는 자, 모두 가슴이 먹먹했지요. 다시 만다는 것이 쉽지 않겠지만, 우린 소리 내어 그 말은 하지 않았습니다. 돌아온 집은 매번 그렇듯이 편안했습니다. 다음 문학기행에서 다시 당신을 볼 수 있기를 기대합니다.

# 나는 왜 문학을 하는가

그 화두는 나를 평생 따라다닌다. 사람들은 모두 저마다의 소질을 계발하여 이 지루하고 삭막한 세상을 살아가는 방편으로 삼고 있다. 나에게 잠재하고 있는 소질은 아마도 문학적 소양이었으리라 생각한다. 누가 강요하지 않았음에도 불구하고 나는 어린 시절부터 책을 좋아했다. 책속의 세상은 고단한 현실세계의 도피처이기도 했고, 나에게 무한한 상상의 자유를 제공해 주기도 했다. 책은 뭐든 가득 들어 있는 창고가 되어 나에게 끊임없이 영양을 공급해 주었다.

나는 경상북도 상주에서도 사십 리나 들어간 시골에서 태어났다. 그 시절은 중학교에 진학하려면 입학시험을 쳐서 합격해야 가능했다. 원하는 중학교는 하늘의 별을 따는 일처럼 어려웠다. 내 목표는 상주여자중학교였다. 가난하고 힘든 시골을 벗어나는 일은 공부밖에 없다고 생각했다. 상주읍의 여러 면에서 초등학교를 졸업하는 모든 여학생은 상주여중으로 몰려들었다. 그 해에 상주여중에 들어간 여학생은 나 혼자였다.

술을 좋아하는 내 아버지는 오래 병석에 계셨다. 나는 상주 청리중고등학교에서 교편을 잡고 있는 큰오빠한테 맡겨졌다. 고등학교를 수원으로 오게 된 것은 작은오빠 직장이 수원 한전이었기 때문이었다. 큰오빠 작은오빠 집으로 옮겨 다니는 동안 누가 뭐라고 하지는 않았지만 스스로 결핍과 상처가 쌓였고 그건 문학을 하는 최적의 조건이었다.

그 시절에 햇볕에 까매진 고향 사람들의 가난이 싫었다. 일찍 철이 든 나는 고향에서 탈출하는 가장 빠른 방법은 공부하는 길이라고 생각했다. 어린 나이에 제법 조숙한 생각을 했음에도 불구하고 전문적인 직업인이 되지 못했다. 아버지가 건강하게 살아 계셨다면 내 인생에 날개를 달 수 있었을까? 젊은 날에 여러 이유를 달고서 주눅 들어 세월만 보냈다는 생각이 들었다. 젊은 날에 치열하게 인생을 살지 못했다는 때늦은 후회가 내 인생을 뼈아프게 지배했다.

대한주택공사에서 몇 년 직장생활을 하다 시골 남자를 만나 결혼을 했다. 이 토양에 적응하느라 오래도록 힘이 들었다. 가끔 어른들이 말하는 팔자소관이라는 생각을 하면 마음이 편해진다. 그러다가 생각이 많아졌다. 내가 노동력을 잃었을 때는 어떻게 살아가야 할까를 생각했다. 우물쭈물하는 시간에 정신은 황폐해지고 초라한 육신만 남은 노년의 삶이 그려졌다. 유쾌한 일은 아니었다. 그 노년의 삶은 무엇으로 버틸 수 있을까를 고민하기 시작했다.

아이들이 어느 정도 성장했을 때 어렵게 남편에게 내 생각을 얘기했다. 대학교에서 평생학습의 일환으로 진행되는 프로그램이 있었다. 나는 문학반에 들어가서 글 쓰는 공부를 하고 싶었다. 남편은 오래도록 고민했다. 공동체의 삶을 사는 마을 사람들의 구설에 휘말리는 일을 걱정했을 것이다. 단 동네 사람이 몰라야 한다는 조건이었다. 남편은 내게 오래도록 시골 여자처럼 살 것을 종용했다. 내 꿈을 실현하려면 먼저 운전면허를 따야 했다. 시간차를 두고서 나는 조금씩 내 방식대로의 삶을 살아냈다. 그러다 보니 남편이 바라는 조용한 시골 여자가 되지 못했다.

목장 일을 끝내고 숨을 헐떡이며 공부하러 다닌 그 시절, 가슴은 뜨거웠다. 나중에 협성대 총장을 지내시는 최문자 시인이 문학반을 지도했다. 제일 첫 강의가 나이 육십에도 연애를 할 수 있는 감성을 가진 사람만이 글을 쓸 수 있다고 우리에게 동의를 구했다. 얼마 뒤 드디어 글을 써야 하는 시간이 왔다. 세상을 살면서 제일 힘들었던 시절을 써오는 것이었다. 그날의 수업 분위기는 지금도 어제 일처럼 기억난다. 아주 진지했다. 구구단을 외워야 집으로 보내주던 초등학생 수업처럼 글을 시작한 사람만 집으로 갈 수 있었다. 집으로 돌아와 밤을 새워 글을 마무리했다. 남편이 말을 건넸다. 잠을 잘 것이지 그 힘든 일을 왜 하느냐는 것이다.

그때 처음 글이라고 시작한 것이 '그해 그 겨울날들'이었다. 글을 제출하고 다음 출석 때 최문자 시인이 내 글을 칭찬했는데 지각을 하는 바람에 듣지 못한 것이 아쉬웠다. 새벽에 일어나서 목징 일을 끝낸 뒤 아침 준비를 하고 자동차로 달려 그곳에 가는 일은 쉽지 않았다. 자안리를 거쳐서 기천저수지를 돌아서 가는 길에 이소라의 노래만 줄곧 틀어놓고 다녔다. 이소라의 창법과 음색은 특이했다. 그 시간은 참 좋았다. 겨드랑이에서 날개가 돋아나는 것을 느꼈다. 교수님은 뭐라고 했을까? 지금도 궁금하다. 수필이라는 장르에 정식으로 작품을 만들었고, 숙제로 제출한 그날의 글이 한참 후에 등단작이 되었다. 그후부터 마로니에 전국주부백일장도 참여하면서 문학인의 대열에서 꿈을 키웠다. 백일장에서 두루마리로 말려 있는 글제가 좌르르 내려올 때의 희열을 지금도 잊을 수가 없다. 최대한 빠른 시간에 순발력을 발휘해서 글감을 독수리처럼 낚아채는 쾌감은 전율이었다. 지금은 어림도 없다. 원고청탁을 받으면 하늘이 노래진다.

마흔아홉, 책 읽기가 쉽지 않았다. 노안이 시작되었다. 더 이상 미룰 수가 없어서 문예창작과에 원서를 넣었다. 4년 동안 죽을힘을 다해 그 과정을 끝냈다. 제일 힘들었던 시간이었지만 지금 생각해 보면 내 인생에서 제일 빛났던 시간이기도 했다. 지도교수

174

가 내 이름을 부르며, 들어올 때 2% 부족했는데 그 2%를 결국은 채우지 못하고 졸업한다고 걱정을 했다. 그 말은 결국 들어올 때와 나갈 때가 별반 달라지지 않았다는 말이다. 나에 대한 배려로 기분 좋게 그 2프로를 적용했을 뿐이었다는 생각이다.

그 과정을 마쳤다고 해서 글을 잘 쓰게 되는 것은 아니지만 내 삶의 지평은 단언컨대 넓어진 게 분명하다. 내가 이 길 위에서 빛나고자 한 일은 아니다. 내가 살면서 허방에다 발을 딛는 낭패를 겪고 싶지 않아서일 것이다. 나름대로 애를 쓰면서 문학 공부를 했다. 글 쓰는 사람은 글로 소통하고 그 에너지로 사람이 함께 성장하고 아름다워진다고 생각을 한다. 혼자 하는 글쓰기는 외롭고 힘들어서 여러 단체에 적을 두고 주기적으로 만남을 이어간다. 그 인연으로 소설책, 수필집, 시집이 조용한 시골집으로 수시로 배달된다. 내가 간 그 길이 헛된 길이 아니었음이 증명된다. 결국 글을 쓰는 일은 나를 부요하게 만들었다. 내 삶이 풍요로워졌다.

내 몸의 일부인 더듬이가 활자화된 글자에 자연적으로 반응을 한다. 내가 문학을 하는 것은 지극히 자연스러운 일인 것 같다. 그리고 그 덕분으로 나는 지금 잘 살고 있는지를 중간중간 자기 검증을 한다. 그리고 상식이 통하는 세련된 현대인의 대열에서 낙오되지 않기 위해서 책을 읽고 글을 쓴다. 그리고 문학하는 사람들의 대열에서 좀 더 나은 세상을 지향하는 데 선한 기운을 보태고 싶다.

시골, 이곳에서의 삶도 그럭저럭 괜찮다고 생각한다. 이곳 시골에서의 삶은 게으른 고양이의 걸음처럼 느리고 더디게 지나간다. 때늦은 생각이지만 시골에서의 삶은 게으른 내가 살아내기엔 적당하고 안성맞춤인 것 같다. 어느 날 남편이 봄볕에 앉아서 뜬금없이 말을 건넨다.

"아, 참 화사한 날이다."

화사한 날 속에 고양이 졸음처럼 나른한 우리의 시간이 느리게 느리게 도착했다.

# 우리는 그곳에 있었다

　그곳에 가자고 선배가 제안을 했다. 그곳에 가는 일은 좋은데 혼자 남겨질 남편이 제일 문제였다. 내가 떠나면 집에서는 밥을 전혀 먹지 않는다. 내가 돌아올 때까지 그냥 견딘다. 그럼에도 불구하고 짐을 꾸린다. 세상 밖이 너무 궁금해서 남편 걱정을 짐가방에 넣고 떠난다. 혼자 남게 된 남편은 내 걱정과는 무관하게 아마도 술친구들과 완전한 자유를 누리게 될 것이다.

　모처럼 공항으로 가는 일이 낯설다. 코로나 시국이라 여행은 엄두를 못 냈다. 몇 년 동안 갈 곳이 없어졌다. 코로나도 정점을 치고 완만한 곡선으로 하강하고 있다. 이제 선배의 제안으로 한 번 떠나 볼 일이다. 제주올레길 걷기다. 좋은 풍경 따라 걷기만 하면 되는 일, 유유자적하면서 끊임없이 선배와 이야기를 해볼 참이다. 선배와 함께 자고 먹고 걸으면서 사람과 함께하는 여행 일정을 잡아본다. 서귀포에 있는 타마라호텔에 도착하니 일요일 저녁 시간이 되었다. 여행 일정에 합류할 날은 월요일 아침이다. 오늘 일정은 도착하면 되는 것, 가벼운 차림으로 바깥에서의 한 끼 식사를 끝내고 여행지에서의 하룻밤에 들었다.

2022년 4월 17일 아침, 여행가이드가 우리 둘을 빠르게 스캔을 하더니 하루 20km가 넘는 올레길 걷기는 무리일 것 같다며 여행캠프에 넣어준다. 여행캠프는 오름을 오르거나 주변 숲길을 걷는다고 하니 괜찮다는 생각이 들었다. 그리고 유람캠프가 있었다. 유람하듯이 부담 없이 미술관을 관람하고 주변 여행할 만한 곳을 천천히 걸으면서 힐링을 목적으로 가볍게 움직이는 캠프였다. 다음에 오게 되면 유람캠프에 합류하자고 서로 마음도장을 찍는다.

매일 아침 9시쯤이면 대형 버스가 호텔 근처 대로 옆에 대기하고 있었다. 내가 타야 할 차에 오르니 전국에서 모여든 관광객이 빈틈없이 좌석을 채우고 있었다. 대형차 2대가 움직인다. 여행캠프는 많은 때는 200명이 움직인다고 한다. 지금은 100명이 함께 움직이고 있다. 행동식이라고 부르는 비닐봉지 하나씩을 받아서 차에 오른다. 그 행동식의 내용은 김치와 캔 참치를 섞어서 만든 주먹밥인데 입에 맞는다. 그리고 음료수와 과일이 들어 있었다. 한끼 식사로 충분하다는 생각이 들었다.

첫날 일정은 차귀도에 배를 타고 들어간다. 섬에서 다시 섬으로 들어가는 것이다. 중간 기착지인 애월읍에 있는 오름을 오른다.

아주 가파르다. 숨이 차오른다. 내려오는 길에 화산 돌을 경계로 한 무덤이 보인다. 그 아래에는 큰 나무를 배경으로 근사한 전원 주택이 모여 있었다. 산 자와 죽은 자의 경계, 죽은 자는 누워 있고 살아있는 자는 걷고 있다. 우리가 열심히 걸어야 하는 이유를 생각해 본다. 오름을 배경으로 사진 몇 장을 남긴다. 차는 다시 한참을 달려 차귀도 선착장에 도착했다. 파란 바다를 배경으로 오징어가 해풍에 반건조를 위해 일렬횡대로 널려 있었다. 푸른 바다와 흰오징어의 대비는 그림처럼 산뜻한 볼거리를 준다. 선착장 앞 할머니 가게에서 구운 반건조 오징어를 한 마리씩 사서 단숨에 먹었다. 오징어는 차귀도의 바다냄새가 배어 있었다. 눈도 즐겁고 입도 즐겁다.

  차귀도 섬을 한 바퀴 돌아 나오면서 끝없이 펼쳐진 망망대해에서 한 점으로 남는 사람의 존재를 생각해 본다. 몇 편의 영화 배경이었던 차귀도의 역사를 더듬어본다. 차귀도는 대나무가 많아서 대섬, 죽도로 불렸다고 한다. 1970년대 말까지 7가구가 보리, 콩, 수박, 참외 농사를 지으며 살았다고 한다. 지금은 무인도로 남아 있는 섬이다. 그 섬에서 본 방풍나물은 갑옷을 입은 무사처럼 위엄까지 있었다. 아마도 바닷바람에 견뎌야 해서 저렇게 몸이 갑옷처럼 단단해졌을 것이다. 사람이고 식물이고 환경에 적응하면서 본성에서 멀어지면서도 살아남게 되는 것이다. 첫째 날은 오후 3시 조금 넘어 호텔로 돌아왔다. 여행지에서 느긋하게 쉴 수 있어 좋았다.

둘째 날은 화요일이다. 줌으로 수업을 받는 날이다. 선배와 나는 아침부터 바짝 긴장을 한다. 오늘 수업을 받을 수 있을까? 전혀 가능하지 않을 것 같다. 어쨌건 오늘은 '치유의 숲'을 걷는 일정이다. 완벽한 숲길이다. 새소리도 청아하게 들리고 사람들은 걷는 일에 집중한다. 한참을 오른다. 원시의 숲, 옛날 화전민이 살았던 흔적은 숲길 어디에서도 만날 수 있었다. 화산 돌이 둥그렇게 경계를 이루고 있었다. 이곳은 내 터전이니 넘지 말라는 표시이기도 했다. 그 시절에 원시의 삶을 살면서도 지금보다 행복했을 것이라는 생각이 들었다. 지금의 현대인처럼 갈등구조가 복잡하지는 않았을 것이다. 순수한 원시의 사람이 순수한 사랑을 하며 순하게 살았을 것이다. 그래서 제주도는 그 시절의 아름다움을 지금도 간직하고 있는 듯하다.

여러 생각에 잠겨 숲길을 걷는데 넓은 숲의 공터에 도착했다. 11시쯤이었다. 12시까지 자유시간이 주어졌다. 사람들과 멀리 떨어진 곳에서 선배가 자리를 잡고 원격수업 접속을 시도한다. 수필 강의가 진행되고 있었다. 여행지에서 강의를 수강할 수 있다는 사실에 흥분이 되었다. 우리는 집중을 하기 위해 각자 따로 자리를 잡고 수업을 듣기 시작했다. 야외에서 듣는 수업은 몰입을 해야만 그나마 지도교수의 목소리가 들린다.

앞에 흰 커플티를 입은 연인이 우리 팀이 아닌 것 같다는 생각을 뒤늦게 했다. 기척도 없이 스물스물 좀비처럼 사람들이 없어지고 있음이 감지가 되기 시작했다. 선배는 사람들 가까이 자리를 잡았으니 분명 함께 내려갔을 거라고 순간적으로 판단을 하고 후다닥 산 아래로 숨 가쁘게 뛰었다. 저만큼에서 한 무리의 사람들이 내려가고 있었다. 뒤처진 사람한테 여행캠프 팀인지 물어보니 그렇다고 해서 아래 사람을 따라잡고 있었다. 선배의 안전이 거듭 걱정이 되었다. 한 무리 여행객을 따라잡을 기회가 왔다. 가이드가 숲 설명을 하는지 둥그렇게 멈춰 섰고 중심에 가이드가 있었다. 그런데 선배는 보이지 않았다. 가이드한테 잠시 시간을 빌리자고 말한 뒤 도움을 청했다. 가이드는 나를 안심시키고 전화를 걸었다.

다행히 선배가 전화를 받는다. 아직 그 숲 공터에서 수필 강의를 듣고 있는 중이다. 그 흰 커플티를 입은 연인을 우리 팀이라는 착각을 하고 있는 모양이다. 서로가 서로에게 사인이 없었기 때문에 마음 놓고 공부에 열중해 있는 선배의 모습이 눈에 선하다. 나는 이제 거꾸로 산을 오르기 시작했다. 중간에서 만나서 함께 내려올 생각이었다. 그런데 아무리 올라가도 선배는 내려오지 않았다. 올라간 길과 내려오는 길이 다른데, 가이드가 분명 설명하는 것을 들었는데 선배는 올라온 숲으로 다시 내려간 것이 분명했다. 대로 옆 화장실 앞으로 계속 내려오라는 설명을 간과하고 대로 옆 화장실 뒤쪽으로 내려간 것이다.

나도 숲속에서 혼자였고 선배도 다른 숲속에서 혼자였다. 선배와의 통화도 되지 않았다. 잘못된 길에 들어선 것을 알고 가이드하고 계속 통화중인 신호음만 들려온다. 가까스로 선배와 통화가 되었지만 알았다고만 반복한다. 내가 어떤 선택을 해야 하는지 순간 판단이 서지 않았다. 산속에 나는 혼자 남았다. 선배 이름을 아무리 불러도 응답이 없다. 제주도 곳곳에 붙어 있던 플래카드가 생각났다. 올레길 걷다가 실종된 내 나이 또래인 엄마를 찾는다는 그 플래카드 생각에 무섬증이 나서 산 아래로 뛰어 내려왔다.

한참을 내려오니 가이드가 시간을 벌기 위해 일행들에게 쉼터가 마련된 곳에서 한 시간의 자유시간을 주고 있었다. 바통 터치를 하고 산에 오른 가이드가 한참 만에 선배를 만나 산을 내려오고 있었다. 내가 선배를 잃고 헤매던 그 거리가 아래 쉼터에서 1km쯤 위였을까? 가늠이 되지 않았다. 가슴 쓸어내리던 그 거리가 참 멀고 아득했다.

우리는 이제 두 가지 일은 동시에 못한다는 것을 혹독한 경험을 통해 알게 되었다. 선배를 잃고 산속에서 우왕좌왕하던 그 시간이 벌써 과거가 되었다. 그 좋은 제주도 풍경 앞에 사람이 있어 좋았다. 이번 여행에 선배가 있어 참 좋았다. 살아있어서 걸을 수 있어 좋았다. 선배와 나는 분명 그곳에 있었다. 그후 5박 6일의 일정을 마무리하고 우리는 살던 곳으로 무사 귀환했다. 우여곡절 끝에 밤 11시에 도착하니 걱정했던 그대로 남편은 술잠을 자고 있었다.

 기형도는 사랑을 잃고 시를 쓰고 난 선배를 잃고 수필 한 편을
쓴다. ─ 2022년 봄

# 그대를 만나 꿈을 꾸듯 살아온 날은

어느 날 막내 시누이가 뜬금없이, 누군가가 나를 두고 한 말을 전했다. "구십이 되어서도 무얼 배우러 다니는 모습이 보인다." 시누이가 내 타로점을 보았다는 것일까? 아니면 철학관에서 무언가 볼일이 생겨 들렀다가 내 사주가 궁금했던 것일까?

그 말을 누가 했건, 나는 그 말에 바로 수긍했다. 나이 구십이 될 정도면 다른 사람을 가르쳐도 충분할 텐데 평생 학습만 하고 있을 내 처지가 못내 아쉽다는 생각이 아주 잠깐 들기는 했다. 그렇지만 끝까지 배우다 가는 인생도 괜찮겠다는 생각을 했다. 세상에서 제일 좋은 것이 있다면 그건 배우는 재미가 아닐까. 그러니 평생 뭔가를 배우기 위해 문화강좌 같은 곳을 찾아다니는 내 모습이 보인다면 안심해도 될 것 같다.

나는 말주변이 없는 사람이라서 남 앞에 서면 아주 진땀이 난다. 내가 속한 단체에서 문학기행이라도 나설 때면 달리는 차 안에서 한 차례, 인사를 겸해서 하고 싶은 이야기나 장기를 보여주곤 한다. 그런 기회에 말을 청산유수처럼 잘하는 사람이 참 부럽다. 그래서 앞사람이 하는 모양을 잘 봐 뒀다가 흉내를 내보곤 하지만 허사다. 말을 잘하지 못한다면 말을 아끼면서 살면 될 일이다. 남 앞에 나서서 말을 하거나 남을 가르치거나 하는 것을 못하는 나는, 정말 남의 말을 잘 듣고 잘 배우는 팔자로 태어난 건지도 모른다.

아주 오래전 호랑이 담배 피우던 시절쯤에, 수원 남문 버스정류장에서 재래시장 방면에 서예학원이 있었다. 서예를 배우고 싶어서 그곳을 찾아갔다. 땅딸막한 서예 선생님이 한 달 내내 가로쓰기와 세로쓰기만을 반복하게 했다. 나는 한 달을 채우고 서예학원을 나와 버렸다. 지금 생각하면 참 인내심이 부족했다. 그래도 글씨 쓰는 것을 좋아해서 좋은 시나 좋은 문장을 끊임없이 노트에다 옮겨 적기를 했다. 그 노력 덕분에 나만의 필체를 갖게 되었다. 첫 수필집을 내고서 사인한 책을 봉인해서 우체국 문턱이 닳도록 드나들었다. 며칠 후에 '경기수필'의 한 회원이 전화를 걸어왔다. "내가 궁금해서 그러는데 남편이 대신 글씨를 써주셨나요?" 뜻밖의 물음이어서 내 대답도 좀 이상한 방향이 되고 말았다. "아뇨, 제가 평생 남편 대신해서 글씨 대필을 했답니다." 순간, 동시에 웃음이 터졌다.

'수원 문학인의 집'에서 캘리그래피 강좌가 열렸다. 그러다 코로나19을 맞았다. 그 사이 캘리그래피 강사는 시집 출판기념회를 겸해 캘리그래피 전시회를 열었다. 강사가 오랫동안 갈고 닦은 작품을 선보였다. 강사의 캘리그래피는 여러 폭의 병풍, 돌, 우산, 부채, 손수건, 액자, 항아리에도 불빛 은은한 스탠드에도 그 소재를 멋진 소품으로 변신시키는 운치로 더해졌다. 자유자재로 움직이는 붓놀림이 글씨마다 먹향으로 살아나 있었다. 먹물이 갖는 따뜻하고 은근한 필치를 뿜어낸 솜씨는 고수의 경지로 보였다. 어떻게 이렇게 재주가 많은 여자일까.

ㄱ 여자의 시 낭송 또한 예사롭지 않았다. 목소리가 심금을 울렸다. 그 여자만의 시의 집을 짓는 사이사이 틈새의 시간에 어떻게 이렇게 달인의 경지에서 빛나는 작품을 만들어 숨기고 있었을까. 굵은 붓과 가는 붓의 쓰임에 따라 다양한 작품의 세계는 문외한의 눈에도 예사롭지 않았다. 글씨들이 잘 익어서 윤기 있게 반짝이는 씨앗처럼 여물었다. 초지일관하여 끊임없이 무엇을 해 온다는 것은 쉬운 일이 아니다. 그 일을 하면서 얻는 기쁨이 그 오랜 시간을 버텨주는 힘이 되었을 것이다.

— 별처럼 수많은 사람들 그중에 그대를 만나 꿈을 꾸듯 살아있음을.

벽면에 쓴 캘리그라피 글씨 앞에는 나는 발걸음을 멈추고 오래 서 있었다. 그 작품 앞에서 내 심장이 강하게 살아 움직이고 있음을 느꼈다. 이선희 가수가 부른, 내가 좋아하는 노래의 한 소절이었다. 하얀 종이 위에 오랫동안 습작했을 캘리그래피 글씨, 한번의 멈춤도 없이 일필휘지로 이어간 짧은 문장이 내 가슴으로 꿈을 꾸듯이 스며 들었다. 별처럼 수많은 사람들 그중에 그대를 만나 사랑을 하고 이별도 한다. 그러면서 우리는 밥을 먹고 이야기를 하고 꿈을 꾸고 산다. 그대를 잊기도 하고 그리워도 하면서, 한 세상을 꿈을 꾸듯이 살아간다. 수많은 사람들 그중에 그대는, 우리들이 살아가는 이유가 되기도 한다.

그 누구의 잘못도 아닌데 너무 멀리 가버린 사람들이 생각났다. 다시 예전의 감정으로 돌아가지 못함은 바로 내 탓일 것이다. 가슴이 먹먹해진다. 꿈을 꾸고 살아온 시간이 너무 귀하고 아름다운 날들이었음을 알겠다. 먼 길을 돌아, 돌아와서는 거울 앞에선 내 누님처럼 그대는, 부재하는 것들의 다른 이름이었음을 이제야 알겠다.

그날 전시회에서 나를 가슴 뭉클하게 만들었던 캘리그래피 글씨의 따스한 여운으로 하여 한동안 살아가는 힘을 얻었다. 수많은 사람들이 나를 스쳐가기도 했고 심장에 남아 있기도 했다. 전시회장에서 보낸 그 하루, 따스한 문장의 만남은 내가 살아갈 힘을 주었다. 아, 그때 나도 서예학원에서 부단히 노력해서 기량을 닦았으면, 하는 후회를 잠시 했다.

— 별처럼 수많은 사람들 그중에 그대를 만나 꿈을 꾸듯 살아있음을.

그 후 오랫동안, 그 문장 속에 갇혀 지냈다.

# 조용히 문 열어놓은 비밀정원
— 이명주 수필집에 부쳐

**박덕규** 작가, 문학평론가

# 조용히 문 열어놓은 비밀정원

— 이명주 수필집에 부쳐

**박덕규** 작가, 문학평론가

## 1. 드랭이마을에서

우리 말, 참 재밌고 오묘하다. '드랭이'라는 말을 예로 들 수 있겠다. '드랭이'는 '다랭이논'의 '다랭이'와 어감이 비슷한데 뜻은 좀 다르다. '다랭이'는 '산비탈에 생긴 여러 층 논배미'라는 뜻. '다랭이'의 '다'는 '비탈'을 뜻하는 '달'에서 변한 거고, '랭이'는 '밭을 간다' 할 때 '갈이'에서 변한 '랑이'가 다시 모듬동화로 '랭이'로 읽혀 굳은 말로 보면 될 거다. 이 '다랭이' 덕에 '드랭이'는 흔히 쓰는 말이 아닌데도 귀에 익은 듯 들린다.

'드랭이'는 논두렁 밭두렁 할 때 '두렁'이란 말과 관련이 깊은 걸로 보인다. '두렁'은 '논에 물이 괴게 가장자리를 흙으로 둘러막은 두둑'을 뜻한다. 이 두둑을 허무는 걸 '두렁헐이'라 했고 이게 '드렁허리'로 변하고 다시 '드랭이'가 됐다는 설명이 있다. 즉

'드랭이'는 '두렁헐이→드렁허리→드랭이'로 변화를 겪어 '둑을 허물어 생긴 작은 땅'이라는 의미로 쓰는 말이 된 듯하다. 우리나라 민물고기 중에는 미꾸리나 장어처럼 모양이 가늘고 길어 가끔 뱀으로 오인하는 '드렁허리'라는 것도 있다.

수필가 이명주가 사는 곳 행정구역 지명이 '경기도 화성시 비봉면 드랭이안길'이다. 그 동네에서는 편하게 '드랭이마을'로 부르는데, 흥미롭게도 전국 지명 중에 '두둑', '두렁', '드렁' 같은 말은 있어도 '드랭이' 이름을 지닌 곳은 이 한 곳뿐으로 확인된다. 수원과 인천을 오가는 수인선, 지금의 수인분당선 '고색-오목천-어천-야목-사리-한대앞' 노선 중 야목역에서 승용차로 3분 거리에 있다. 지리적으로 보면 수도권 인근이라 하겠는데 실은 수원 쪽에서 서해 바다로 나가는 너른 들판의 한 곳, 인구밀도가 낮은 시골 마을이다.

이명주는 20대 초중반에 결혼과 더불어 남편이 나고 자란 이곳 드랭이마을에 들어왔다. 그때부터 60대 후반이 된 지금까지 농사를 짓고 살고 있는데, 그 사이 학원운영도 하고(1985~1992), 우유를 납품하는 축산업(1995~2020)도 했다. 이제 현장 일에서 은퇴는 했으나 씨를 뿌리고 경작을 하고 수확하는 일은 손에서 놓지 않고 있다. 이 수필집은 드랭이마을에서 이렇듯 농사를 지으며 이런저런 일을 함께 하며 생계를 유지하고, 자녀 키우며 이웃들과 어울리며 살아온 이야기를 담았다. 총 4부로 구성돼 있는데, 이중 '꿈속에라도 가고 싶은 고향'에 대한 추억을 담은 2부 글을 제외하면 대개 이 '드랭이마을'에서 살아온 사연을 담고 있다.

## 2. 땅에서 땅으로

이명주의 고향은 "속리산에서 발원한 물길이 내려와 동네를 안고 휘돌아 굽이쳐 흐르는 곳", 경북 상주 읍내에서 버스를 타고 30분을 타고 들어가는 산골, 외서면 우산리다(「추억 속의 고향」 등). 아들 넷 딸 다섯, 아홉이나 되는 형제자매들 중 하나(「가족」, 「어머니」 등)로 태어나 그곳에서 초등학교를 다녔다. 아버지가 한갑 되기 전에 병을 앓다가 타계하자 어머니의 고단한 노동 아래 형제자매 모두 가난하게 학업을 이으며 성장했다. 일찍 직장생활을 시작한 오빠의 인도로 상주읍으로 나가 여중을 다니고, 다시 경기도 수원으로 와서 여고를 다녔는데, 이후 몇 년 직장생활을 하다 드랭이마을에서 결혼생활을 시작해 지금껏 살고 있다.

우리 동네를 안고 유장하게 흐르던 시냇물의 발원지는 속리산이다. 사시사철 그 시냇물은 바닥을 드러내는 법이 없이 동네를 안고 산을 돌아 굽이쳐 흐르면서 사람들의 삶을 기름지게 했다. 그 시냇물이 넘쳐나서 지천으로 들꽃을 피우기도 하고 거목의 뿌리까지 닿아서 숲을 우거지게도 했다.

산을 병풍처럼 두르고 하늘만 빼꼼히 보이는 그곳의 사람살이는 시냇물의 흐름처럼 단조로운 가운데 나름대로 일상의 평화를 유지했다. 엄마가 강요하지 않았는데도 우리는 5리(2km)나 되는 학교를 다녀오는 대로 약속이나 한 듯이 두 되들이 주전자를 옆에 끼고 시냇가로 나갔다.

— 「그리운 다슬기국」에서

목장 경영 25년이었다. 목장 건물은 허물었고 터만 남았다. 그 옆으로, 소먹이가 되는 옥수수를 심던 1,100평정도의 땅이 있었다. 목장 사업을 접으면서 경사진 그 땅을 포클레인으로 평탄하게 작업을 했다. 밀어낸 흙으로 언덕을 만드니 그 너머에 움푹 내려앉은 150평의 사각 평지가 생겼다. (……) 무심한 눈길 끝으로 발아래 끝없이 펼쳐진 풍경들을 담고 있는 이 비밀의 정원에서 나는 꿈을 꾸어본다. 내 비밀의 정원에 손주들이 꽃을 보러 올 것이다. 참새처럼 재잘거리며 고사리 같은 손으로 호미를 잡고 풀도 뽑아줄 것이다.

　　　　　　　　　　　　　　　　　　　　　—「드랭이마을의 비밀정원」에서


「그리운 다슬기국」은 속리산에서 흘러내린 하천이 휘감고 지나는 고향마을에서 다슬기를 잡던 시절을 그리고 있다. "산을 병풍처럼 두르고 하늘만 빼꼼히 보이는 그곳"에서의 그 시절이 그저 즐거웠을 리는 없을 것이다. 그러나 하늘과 산과 강과 들뿐인 그곳에서 자연과 더불어 살던 그때야말로 말 그대로 평화의 시대였는지도 모른다. 그 누구의 강요 없이 스스로 그 속에서 어울려 지내는 것만으로 만족스러운 '자족의 세계'였다. 이때, 그 고향에서는 '골배이국'라 부르는 '다슬기국'은 어린 마음의 순수, 자연의 청정함을 상징하는 소재로 이야기의 진정성을 높인다. 이 책 2부는 대개 고향에 대한 이런 그리움으로 그득하다.

「드랭이마을의 비밀정원」은 결혼해서 드랭이마을에 들어와 농사짓고 소 키우며 지내온 땅의 한 귀퉁이를 떼어내 '비밀의 정원'을 만드는 작가의 모습을 그리고 있다. 해당 공간은 25년 동안 목축을 할 때 소먹이용 옥수수의 경작지로 쓴 1,100평정도 땅을 평탄작업을 하던 중 한 곳에 움푹 내려앉은 형세로 생긴 150평 사각 평지다. 이곳을 "꽃과 나무, 벌과 나비들이 어우러진 정원"으로 꾸미면서 가족과 이웃들만 드나드는 '비밀의 정원'으로 꾸미고 있다. 계절마다 다른 꽃들이 피는 자신만의 낙원으로 꾸며놓고 사랑하는 손주들이 그 꽃을 보러 와서 '참새처럼 재잘거리며 노는 모습'을 상상하며 설렘에 잠긴다.

이명주는 속리산에서 발원한 물이 흘러내려 들판을 적시는 마을에서 태어나 자연의 청정함, 가족들과의 깊은 우애, 미지의 세계를 향하는 순수한 동경 등을 성장의 자양으로 삼아 지내다 도시로 나갔다. 그러고는 다시 경기 남서부 지방의 바다로 나가는 너른 들판의 한 고을에 자리잡아 논밭을 경작해 알곡을 거두고 소를 키워 우유를 나누며 이웃들과 함께 했다. 이명주의 삶은 시골에서 시골로, 들에서 들로, 땅에서 땅으로 이어졌다. 그리고 이제 인생 3모작 단계에 이르러 그 땅과 땅에서 얻은 결실로 '비밀의 정원'을 가꾸고 소중한 사람들과 함께 하려 한다.

## 3. 재난과 재앙을 넘어

드랭이마을에 든 지 45여 년. 그땅에서 양식을 얻기 위해 애쓰던 이런저런 일을 뒤로 하고 '비밀의 정원'에서 낙원의 꿈을 펼치는 나날이 지금이다. 한데, 이 설레는 나날이 그저 왔을 리 없다. 쉽지 않은 세월이었다. 안타까운 일도 많았다. 세상 어떤 삶이건 크게 다르지 않다 할 수 있지만, 특히 실제 땅을 딛고 사는 사람들은 자신의 의지와 상관없이 계절이 바뀌고 날씨가 달라지고 하는 모든 자연의 변화에 직접적인 영향을 받으며 산다. 뿌린 대로 거두는 것이 아니라, 내 뜻과 관련 없는 많은 일과 부딪힌다. 이런 일도 있다.

2010년 11월 29일 경북 안동지역 돼지농장에서 발생한 구제역은 초기대응에 실패하여 다음해도 여전히 산발적으로 구제역을 겪게 되었다. 불행하게도 이번 구제역은 조류인플루엔자와 같이 왔다. 주로 돼지 농가에서 속출했고 한우농가의 피해도 적지 않았다. 지금까지 정부에서 살처분 농가에 보상해야 할 금액은 어림잡아 2조 원을 넘었고 매몰된 가축 수는 삼백만 마리를 넘어섰다고 한다. 그렇지만 아직도 구제역은 끝나지 않고 있다.

우리 목장에 몇 년 전에 결핵에 걸린 만삭의 소 두 마리가 생겼다. 제2종 전염병에 속하기 때문에 그 두 마리를 살처분하게 되었다. 문제의 소 한 마리가 살처분을 앞두고 새끼를 분만했다. 그 어린 새끼를 감추고 싶은 강한 유혹에 시달렸다. 하지만 어찌해 볼 도리가 없었다. 비가 추적추적 오는 날 시청 공무원이 결국 살처분을 집행하기 위해 방문했다. 그 겨울 내내 남편과 나는 의욕을 상실한 채 무기력하게 잠만 잤다. 우리가 그런데 하물며 가축 전부를 잃어버린 사람들은 이 겨울을 어찌 견디며 살아냈을까. 사는 것이 죽음보다 못할 때도 있다.

— 「그 참혹한 계절을 지나며」에서

「그 참혹한 계절을 지나며」는 2010년 11월 경북 안동지역 돼지농장에서 발생한 구제역이 그 이듬해까지 번진 상태의 일상을 그렸다. 구제역은 소나 돼지 등 발굽이 둘로 갈린 동물에게 발병하는 바이러스성 급성 가축 전염병인데, 한번 발생하면 전파속도가 빨라 확산 방지를 위해서는 감염 동물은 말할 것도 없고 의심 동물까지 신속히 매몰 처리를 하는 것이 가장 현명한 방비책이 된다고 한다. 방송에서 돼지나 소의 대량 살처분 광경이 흐릿하게 처리한 화면으로 보여온 것이 바로 현장에 해당한다. 이명주의 목장은 만삭의 소 두 마리가 살처분 대상이었다. 그런데 그 중 한 마리가 낳은 새끼마저도 살처분해야 했다. '그 어린 새끼를 감추고 싶은 유혹'을 참아내면서 결국 세 마리 모두 살처분 집행 현장에 내놓았다. 1933년 한국에 첫 발생, 그 이후 66년 만인 2000년에 15건, 2002년에 16건이었는데, 다시 언제 종식될지 알 수 없는 시간 한가운데서 당한 일이다.

구제역은 전 축산농가에 찾아든 어쩔 수 없는 재난이랄 수도 있다. 그러나 만물의 영장인 인간으로서 자신의 이익을 위해 키우던 동물을 살처분하는 일은 차마 하지 않아야 할 것이 아닌가. 더구나 최근 10여년 전, '죄 없는 가축'들을 대량 살처분하는 장면을 수시로 방영해 전 국민에게 수치와 분노를 안겨준 전례가 있었으니 재발은 대비해 뒀어야 마땅할 것이다. 그러나 흩어진 개인은 약하고 제도를 장악한 집단은 냉혹하다. 나라는 날로 부강했으나 나라를 이끄는 이들의 어설픈 정세판단은 시골의 한 농민이 보기에도 마뜩찮은 게 한둘이 아니다. 하지만 이명주의 수필은 이에 대해 더는 분개하는 쪽으로 방향을 잡지 않는다. 대신 차분히 자기 할 일을 열심히 하고 사는 한 서민의 자리에서 그런 공공의 재난을 어떻게 견뎌냈나를 그려냄으로써 이 시대를 증언한다. 「그 참혹한 계절을 지나며」, 「목련꽃은 피고지고」 등 몇 수필은 그런 점에서 한 축산농민이 쓴 '구제역 수난기'이자 '희망을 이야기할 수 있을 때까지 다시 일어서야 한다'로 의지를 다져 오늘을 보여준 '구제역 극복기'로 읽힌다.

구제역이 축산농가에 상당한 재앙을 안겨준 사건이라면, 수년 전 있은 코로나19는 한국을 포함해 전 세계 인류에게 죽음으로 가는 문을 열어 보인 엄청난 재앙이었다. 이명주가 사는 드렝이 마을도 예외일 수 없었다. 이명주의 글쓰기는 여기서도 그 힘든 재앙의 시간을 우리 땅을 일구고 다듬고 살아온 한 국민이 어떻게 살아왔는가를 보여주는 것으로 소임을 다한다.

확진자로서 나는 스스로를 격리해야 했지만, 억울하게도 남편의 하루 세 끼 식사 준비를 해야 한다. 우렁각시처럼 몰래 밥상을 차려놓고 문자를 남긴다. '잠시 후에 밥을 먹기 바람.' 그러면 회신 문자가 들어온다. '알았음.' 조금 뒤 다시 문자가 들어온다. '지용, 소민 입학 축학금 보냈음.' 그러면 그 문자에 내가 답을 한다. '잘했음.' 지용, 소민은 올해 초등학교에 입학하는 쌍둥이 손주다. 문자는 짧고도 건조했지만 서로의 안부도 포함되어 있었다. '난 잘 있어.' '나도 그래.' 오래 산 부부는 그것으로 충분했다. ─「코로나 블루(Corona Blue)」에서

「코로나 블루(Corona Blue)」는 2020년 초부터 2년여간 이어진 코로나 감염 상황이 한국의 한 농촌가정을 어떻게 뒤흔들었나를 잘 그려준다. 미장원에서 만난 한 이웃여성과 함께 어울리며 같은 승용차를 타고 집으로 돌아왔다. 그날 저녁 마침 남편과 함께 딸네 집에 가서 손주들을 봐주고 저녁식사도 함께 했다. 새벽 2시, 미장원에서 만난 그 이웃이 자기 남편의 코로나 확진 판정을 알려왔다. 아뿔싸, '나'는 확진, 남편은 음성, 이런 상대까지는 받아들일 만했지만 두 손주가 그만 감염되고 말았다. 문제의 이웃은 '통곡을 해도 시원치 않을 것 같다'고 죄스러워한다. 다행히 모두들 건강을 회복하고 서로 걱정하고 염려하고 챙겨주는 소중한 이웃임을 확인하게 됐지만, 만일 누구 하나라도 잘못 됐으면 그 비극의 사연을 이렇듯 정리하지도 못할 것이다. 스스로 격리된 확진자로서 같은 집에 머무는 비감염자인 남편의 밥상을 일상처럼 챙기면서 휴대전화 문자로 소식을 전하는 장면은 처연하고도 정겹다. 고난을 이겨낸 자만이 그 시절을 추억거리로 회상할 수 있다던가. 그런 점에서 이 수필 또한 시골 사는 한 농가 집안의 코로나 소동기 또는 극복기로도 읽힌다.

### 4. 나를 치유하며 이웃과 나누는 삶

드랭이마을에 산 지 40여년. "급하게 조급하게 한 뼘의 여유도 없이 한 생의 파도를 넘어 여기에 부려진"(「머리에 흰서리 내리고」) 이명주가 겪은 수난이 이 정도뿐일까. 구제역이나 코로나19 같은, 개인으로는 어쩔 수 없는 재해나 재난 등 말할 것도 없고, 여름겨울 연례행사처럼 "더위와 태풍과 가뭄과 수해와 추위와 맞서서 살아내야"(「다시 계절을 맞으며」 등) 하는 게 땅에서 자연의 변화에 부딪히며 사는 이의 운명일 게다. 어머니와 시어머니를 비롯해 '콩꼬투리' 같은 형제자매 중 큰오빠를 떠나보내는 아픔을 겪었다(「비명 같은 시간이 지나간 자리」 등). 이만큼 살았으니 농사일이며 집안 살림도 이제는 달인 수준인 듯싶은데도 여전히 예측 못한 실수에 맞닥뜨리기도 했다(「도루묵」 등). 감자를 캐다가 '칠점사' 라는 뱀이 눈앞에서 솟구치는 걸 보고 "세상 끝날 것 같은 비명"을 지르기도 했다(「다시 봄」). 바깥일을 함께 하면서도 전업주부로 살면서 받는 스트레스는 갈수록 쌓이기만 할 뿐 도무지 씻어내기 어렵다.

이명주가 겪어 온 이런 일들은 어쩌면 직종과 생활환경만 다를 뿐 동시대를 살아온 사람이면 대개 엇비슷하게 체험하고 있는 것일 터. 생업에 쫓기고 재난에 위축되고 일상의 스트레스로 몸과 마음에 병이 생길 때 보통의 많은 사람들은 취미활동으로 치유와 위안의 기회를 얻는다. 이명주도 그런 기회를 찾는다. 출사(出寫)에 이어, 문학공부에 뛰어들었고, 쉰아홉에 '수원기타오케스트라'에 입단했다. 대학의 평생교육원에서 수강하면서 시작한 문학공부는 수필가 등단과 대학 문예창작과의 입학과 졸업으로, 기타반 입단은 연이은 연주회 개최로 결실을 얻기도 했다. 여러 문학잔치에 입상도 했고 어느새 첫 수필집(『먼길 돌아온 손님처럼』, 2020)도 냈다. 이후 이번 수필집은 땅을 일구어 사는 농부로서 스스로의 치유와 위안으로 시작한 취미생활을 취미를 넘어 전문적인 문화예술 활동으로 이어간 한 사례로서도 볼 만하다.

　내 의지로 선택한 수필의 길은 사람이 걸어가야 할 바른 길을 안내해 주었다. 수필의 길을 걸으면서 읽은 책들은 삶의 이정표가 되어주었다. 수필을 쓰면서 살아온 시간은 모범적인 시민으로 살아갈 수 있는 소양을 가진 사람으로 만들어주었다. 글을 쓰면서 부단히 성찰하는 시간이 되었다. 삶이 경건해져서 함부로 살 수가 없었다. 일상의 삶에 게으름이 용납되지 않았다. 무엇보다 긍정의 힘을 갖게 되었다. 같은 길을 가는 사람의 글을 읽으면서 얻는 연대감도 나를 성장시켰다. 문학은 글을 쓰는 사람들이 생산하고 글을 쓰는 사람들이 소비를 한다는 생각도 들었다. 가능하다면 함께 살아가는 공동체의 삶에도 선한 영향을 주는 수필인의 삶을 살고 싶은 것이다.

— 「마흔이 시작될 때, 나는」에서

　그 수많은 악보를 위해 고군분투했던 시간과 글을 쓰고자 밤새워 읽어낸 빛나는 문장들이 이미 나를 충분히 살게 하지 않았을까? 나를 존재하게 하는 그 이름들을 얻고 싶어서 쳐다본 목표지점이 아득하다 할지라도 얻어지지 않은 것에 불행해질 필요가 있을까? 하늘의 별처럼 도달점이 높다면 그대로의 가치는 있을 것이다. 하늘의 별을 따는 기분으로 한 걸음 올라가다 보면 결국 그 목표지점에 가까워질 것이다. 기타 치는 일과 수필 쓰는 일이 하늘의 별처럼 아득하고 막막하지만 그 일을 손에서 놓는다면 행복할까? 안 되는 일을 붙잡고 끙끙대면서 살아가고 있다고 해서 불행한 일일까? 분명 단언컨대 그 애쓰는 과정은 이미 나를 살게 하는 힘이었을 것이다. 몸살을 앓을지라도 제 자리를 지키면서 살아있는 것을 보면 그것이 증명된다. 삶의 중간중간 이만하면 충분하다는 포만감을 얻을 때가 있다. 수필 한 편 잘 마무리할 때도 그러하고 매년 11월에 연주회를 끝내고 났을 때도 그러했다. ─「생에 감사(Gracias A La Vida)」에서

이명주는 스스로 밝히듯 "처음부터 시골 사람"이었다. 말 그대로 "출신성분을 속일 수 없다"는 생각으로 결혼 이후의 시골생활에 순순히 젖어들었다. 그러나 그게 "내가 꿈꾸던 인생하고는 자꾸 멀어"지는 삶이라는 자각하고, "육체적인 노동의 시간이 끝나면 내게 남겨진 건 뭐가 있을까"라고 깊이 성찰하는 시간이 이어지면서 "그냥 이대로 살 수는 없다"는 결단의 순간을 맞았다. 물론 그 결단이 당장 새로운 세계로 이끌어간 것은 아니다. "가능한 한 다른 꿈을 꾸기로 마음을" 바꾸고 시작한 것이 가까운 대학의 평생교육원 문학반 수강이었다. 첫 습작에서 '내 인생에서 가장 힘들었던 순간'이라는 주제를 받아 '그해 겨울날'이라는 글을 쓰게 된 것이 '다른 꿈'을 여는 첫 발걸음이었다. 그것이 마흔이 시작될 때의 일이었다. 「마흔이 시작될 때, 나는」은 그 과정을 차분하게 설명하고 있는 수필이다.

「생에 감사(Gracias A La Vida)」의 제목 'Gracias A La Vida'는 칠레의 전설적인 가수이자 작곡가인 비올레타 파라(Violeta Parra)가 만들어 부른 노래다(1966년 마지막 앨범 "Ultimas Composiciones"에

수록). 눈과 귀를 주어서 세상의 모든 사물들, 착하고 아름다운 현상을 보고 듣게 해준 삶에 감사한다는 뜻을 담은 이 노래는 이후 아르헨티나에서 투옥과 추방을 겪던 가수 메르세데스 소사 (Mercedes Sosa)가 불러(1971년 앨범 "Homenaje a Violeta Parra"에 수록) 독재정권 아래 핍박받는 민중을 위로하며 더욱 크게 알려졌다. 이명주는 수원기타오케스트라 단원으로 가입해 클래식 10곡을 연주곡으로 배웠는데 이 노래가 바로 그 하나다. 기타 연주와 수필 쓰기, 그 높은 수준은 실은 '하늘의 별'에 닿는 것인지도 모른다. 따라서 그 일은 현실에서는 이룰 수 없을 것이다. 그렇다 해서 그걸 손에 놓는다면 과연 행복할 것인가? 이명주는 단연코 아니라고 한다. 도리어, 하늘의 별에 닿는 것처럼 불가능한 그 일을 애써서 수행하는 것이야말로 스스로의 삶을 있게 한 것이라고 말한다. 말을 바꾸면 그런 삶 자체가 바로 'Gracias A La Vida' 인 것이다.

이명주의 수필은 땅에서 나서 땅에서 살아온 사람의 글이다. 고향의 땅을 그리워할 줄 알고 자신의 땅을 사랑할 줄 아는 사람의 글이다. 땅이 전하는 말을 듣고 그걸 제대로 옮기려 애쓴 사람의 글이다. 법과 제도와 기관을 장악한 이들이 자기 자리를 지키는 데 급급한 사이 제대로 돌아보지 않고 있는 땅의 현실에서 매일 매일 크고작은 문제와 부딪치며 묵묵히 살아온 사람의 글이다. 내일이 온다는 믿음으로 오늘을 견딘 사람의 글이다. 그러다가 위축되고 상처받은 자신의 영혼을 글로 음악으로 치유하고 위안하며 조금씩 드러내온 사람의 글이다. 나와 내 가족을 지키고 이웃과 사랑을 나누는 사람의 글이다. '드랭이마을의 비밀정원'은 그 진면목을 보여주는 구체적인 장소이자 곧 이웃을 향해 조용히 문 열어놓은 수필문학의 소박한 정원이다. 비록 '비밀정원'으로 시작했지만 그곳으로 찾아갈 사람이 자꾸 늘어날 것이 분명하다.

이명주 수필집

# 드랭이마을의 비밀정원

**초판 1쇄 발행** 2024년 12월 20일

**지은이** 이명주
**펴낸이** 임현경

**펴낸곳** 곰곰나루
**출판등록** 제2019 - 000052호 (2019년 9월 24일)
**주소** 서울특별시 양천구 목동서로 221 굿모닝탑 201동 605호(목동)
**전화** 02 - 2649 - 0609
**팩스** 02 - 798 - 1131
**전자우편** merdian6304@naver.com
**유튜브 채널** 곰곰나루

ISBN 979 - 11 - 92621 - 17 - 3 03810

**책값** 16,000원

· 이 책의 판권은 지은이와 곰곰나루에 있습니다.

* 이 책은 2024년 한국예술인복지재단 창작지원금을 받아 제작했습니다.